初恋インストール

ICHI SENCHI
千地イチ

CHOCOLAT BUNKO

ILLUSTRATION itz

C O N T E N T S

初恋インストール 005
あとがき 264

1

『率直に申し上げますが、つまりは英二《えいじ》さんでは駄目《だめ》だということです！』

聞きわけのない知人の子どもを叱《しか》るような、ぎりぎりまで抑制《よくせい》されていたいら立ちの小爆発が、耳の奥にキンと響《ひび》いた。男の荒《あら》い鼻息が、スマホの受話口から俺の耳にかかるような気さえした。

半年ほど前、フリーのシナリオライターをしている俺に声をかけてきたのは、小さな映像制作会社だった。ネットで配信するオリジナル短編アニメのシナリオ執筆《しっぴつ》という仕事だったが、俺が書いたシナリオは何度修正を重ねてもプロデューサーのOKをもらえず、打ち合わせとは名ばかりの喧嘩《けんか》を散々《さんざん》繰《く》り返《かえ》した結果、いよいよほかのシナリオライターに変更されることが決まった。

つまり、たった今、俺はクビの宣告《せんこく》を受けたということだ。

『若いせいかもしれないが、あんたは仕事ってもんをナメている』

電話の相手――その映像会社でディレクターを務める男とは、幾度となく言語による死《し》闘《とう》を繰り返してきた。その疲弊《ひへい》もあってか、ぞんざいな口調で吐《は》き捨てられたが、俺にももう言い返す気力が残っていなかった。

通話を切ったあとは、スマホを仕事用のデスクに放ってベッドに身を投げた。

三月下旬、平日の真っ昼間だった。窓の外は晴天で、気温は春の陽気を覗《のぞ》かせている。いつの間に冬を越したのだろう。母親が俺の部屋の壁に勝手に掛けた、子犬の写真カレンダーは、一月のページすら捲《めく》られていないままだ。

今日はどうやら兄夫婦が遊びに来ているらしい。一階の居間からは、甥《おい》っ子がキャアキャアと声を上げながら走り回る、かわいらしい足音が響いていた。世界は俺を置き去りにして、のどかに回転している。

「あ～～っ」

枕に顔を埋《う》めて、いら立ちのままに呻《うめ》く。仕事を失ってしまったことよりも、こんな状況に自分が慣《な》れつつあることに嫌気がさしていた。

意気揚々《いきようよう》と出たはずのこの実家に戻ってきたのは、つい最近のことだ。

ゲーマーの兄の影響もあってか、子どものころからオタク気質で、特別ファンタジー作品に対する関心が強かった。友達と外で遊ぶよりも、部屋にこもって本を読んだりゲームをしたり、自分で空想《くうそう》した武器や魔法、ドラゴンの設定をノートいっぱいに書いている時間のほうがずっと楽しかった。

好きが高じて、ファンタジー小説を書き始めたのは、中学生のころだ。授業中と、食べる寝る以外の自由な時間のほとんどを費《つい》やして没頭《ぼっとう》していた。文章を書いている間はずっ

と高揚《こうよう》していた。自分は将来、物語を書く職業に就《つ》くのだと信じて疑《うたが》わなかった。

大学在学中に、出版社に応募した作品が小さな賞を取り、卒業後に家を出てライトノベルを四冊出版した。練《ね》りに練った重厚《じゅうこう》なファンタジーストーリー、主人公が冒険をしながら成長していく、自信のあるド王道だ。ところが、それらは結局《けっきょく》鳴《な》かず飛ばずに終わった。そのときも担当編集者とはしょっちゅう口喧嘩になって、たった四冊を出す間に担当者が三回変わった。それ以降、執筆の話は上がらない。

今回、ネットアニメのシナリオの仕事をもらうまでは、ネットゲームのサブシナリオや、ノベライズを何本か請け負っていた。しかし、やはりそこでも継続して仕事をもらえるようにはなれなかった。

理由は自覚している。

自分が書いた物語には、いつだって自信があった。どこのどんな作品よりも自分の作品が一番おもしろくて、絶対に売れるはずだと思っていた。だからクライアントに「そうじゃない」と否定されて内容に赤を入れられると、つい熱くなって喧嘩になってしまう。

こだわりが強すぎる、仕事なんだからもっと柔軟《じゅうなん》に、と何度も窘《たしな》められてきた。けれどどこがどう駄目で、どうしたらいいのか、どれだけ話し合ったところで納得できた試しがない。納得できないから、何度直してもOKは出なかった。割《わ》り切って言われた通りに直すということもできなかった。それはプライドが許さなかった。そんなことをしたら、ク

リエイターとしての魂《たましい》が死んでしまうと思っていたからだ。

大した実績もないくせに、融通《ゆうずう》が利《き》かず、口答えばかりで、修正を嫌がる。そんな齢《よわい》二十四の新人に、また仕事をくれてやろうというクライアントはいない。もし俺が逆の立場だったとしても、俺のような面倒《めんどう》なやつと一緒に仕事をするのなんかごめんだ。

実家を出てから、たったの二年。仕事になんの手応えもないまま、気が付けばあっという間に貯金が底をつき、バイトの稼《かせ》ぎだけでは生活ができなくなっていた。

出戻ってきた俺を、優しい母親は「しょうがない子ね」と笑ったが、気難しい父親ははっきりと「お前には無理だ」と言った。家を出るときにも言われた言葉だった。

「英二、お前は馬鹿《ばか》だ。勉強ができねぇという意味じゃあない。ただ、お前は兄貴とは違うんだ。同じようになれるわけがねぇだろう。それがわからねぇうちは、お前は馬鹿のまんまなんだ」

その日は隣の家から苦情《くじょう》がくるほどの派手《はで》な親子喧嘩をした。もともと父親とは仲が悪かったが、痛いところを突《つ》かれて、意地になってしまったせいだ。

とあるクライアントと喧嘩をしたときに、言われたことがあった。「あんたが鳥々滉一《とりどりこういち》の〝弟〟だから、声をかけたのに」と――。

「――よう、英二。相変わらず暇《ひま》を持て余《あま》してるか?」

頭上《ずじょう》から聞き慣れた声が降ってきて、眠りに落ちかけていた意識が浮上した。俺はベッ

ドにうつ伏《ぶ》せのまま「ノックしろよ」と文句を垂れたが、兄の滉一は「あはは」と軽快《けいかい》に笑うだけで、決して「わかった」とは言わないのを知っている。

見やれば、はしゃぎ疲れて眠った三歳の息子を胸に抱えた滉一が、はつらつとした鬱陶《うっとう》しい表情で俺を見下ろしていた。俺はこの男がしょげている姿を一度も見たことがない。

「なにか用？」

起き上がる気力がなく、かろうじて仰向《あおむ》けに転がって尋《たず》ねる。すると、「ほら、これ」と小さな白い紙の箱を渡された。なんの気なしに開封《かいふう》すると、紙がバラバラと俺の胸の上に落ちる。一枚を目の前に摘《つま》み上げると、それが名刺《めいし》だということがわかった。滉一が数年前に立ち上げた、『株式会社ファングリフ』のロゴが印刷《いんさつ》されているものだ。

父親の言う通り、八歳離れた俺の兄――鳥々滉一は、こんなふうに燻《くすぶ》っていじけている俺とは違う。

大学には進学しない、と言い出して両親と喧嘩をしたと思ったら、あっさりと高卒で大手コンシューマーゲーム会社に就職。新人ながらシナリオを担当したファンタジーRPGが、ゲーム性よりもシナリオの秀逸《しゅういつ》さで話題を呼んだ。プロモーションはほとんどなく、有名クリエイターもかかわっていないタイトルだったが、口コミでじわじわと売り上げを伸ばし、当時異例《いれい》のヒット作となった。

新進気鋭《しんしんきえい》の若手シナリオライターとして一躍《いちやく》有名になった滉一は、その後ゲーム会社を

いくつか渡り歩き、次々とヒット作を量産。そして人気、実力ともに高い若手ライター仲間を集めて、あっという間に独立した——それが『株式会社ファングリフ』だ。

昨今《さっこん》流行《はや》りのモバイルアプリゲームの売り上げランキングを開けば、ファングリフがシナリオを担当したゲームが何本も上位に入っている。ゲーム関係のニュースやインタビュー記事に、でかでかと兄の名前が掲載《けいさい》されているのを、俺は毎日のように目にしていた。

そして今、そのヒットメーカー・ファングリフの真新しい紙とインクの匂いがする名刺には、どういうわけか、シナリオライター・鳥々英二——俺の名前が印刷されている。

「…………」

呆《あき》れ顔の俺を嬉しそうに見つめて、滉一は「作っちゃった」と八重歯《やえば》を覗かせた。

「……嫌だって言ったじゃんか」

「英二、お前にやって欲しい仕事があるんだ。先方とも合意済《ごういず》み」

「話聞けよ。勝手に、そういう……」

人の都合に配慮《はいりょ》しない性格も、昔から変わっていない。それを充分《じゅうぶん》すぎるほどわかっているから、今さら声を荒げて怒る気にもなれなかった。

滉一には、今までにも何度かファングリフに誘われていた。もちろんこの会社に入社すれば、フリーでやっていくよりも安定して仕事がもらえるようになるだろう。正社員という雇用形態にだって心を惹《ひ》かれる。

それでも誘われるたびに断ってきたのは、鳥々滉一の〝弟〟――そんな色眼鏡《いろめがね》で見られることに、いい加減《かげん》うんざりしていたからだ。なのに、弟だというだけで滉一に仕事の世話をされてしまったら、いよいよ言い逃れできなくなってしまう。けれど――。

「――崖《がけ》っぷちだろう、英二。四の五の言ってられんのか？」

「……っ」

言葉に詰《つ》まった俺を見つめ、滉一は「決まりだ」と笑った。今日仕事を切られたばかりの俺に、次の仕事のあてはなかった。

まだ二十四歳。幸い勉強は不得意でもなく、それなりの大学を卒業している。「今ならやり直しはきく」と両親は言う。その〝やり直し〟とは、クリエイターを――子どものころからずっと目指してきた、文章を書き、物語を紡《つむ》ぐという仕事を諦《あきら》めて、ほかの道へ進むということだ。今の俺が立っているのは、そういう崖っぷちなのだ。

今のように親の脛《すね》を齧《かじ》りながらであれば、仕事を続けていくことはできるのかもしれない。しかし、俺は死ぬまでこの仕事を〝ただ〟続けたいわけじゃなかった。

俺はまだ自分を信じている。俺にはもっとおもしろい話が書けるって、もっと書きたい話があるって。いつか誰かが気付いてくれる、たくさんの人が認めてくれるようになる。鳥々滉一だけじゃなく、弟の英二もすごいんだって、そのことを証明したい。

「英二、兄ちゃんの言う通りにするだろ？　絶対におもしろいことになるからさ」

滉一はいつだってそうだ。大人になって、起業して社長になったって、少年の眼差《まなざ》しのまま、〝楽しい〟を創《つく》ることばかりを考えている——いや、考えているだけじゃない。実践《じっせん》し、成功させている。

「…………」

ファングリフ・鳥々英二の名刺を見上げて思う。諦めるのか——それとも、兄の世話になってでも縋《すが》りつくのか。

滉一の思い通りになるのはいささか癪《しゃく》だ。けれど、本当にこの男の思い通りになったとき、俺はいったいどうなるのだろう。

若き天才の兄は、全国のゲーマーだけではなく、やさぐれた弟の心すら躍《おど》らせる術《すべ》を心得ているのだ。

久しぶりに見た朝八時の日差しは、俺の目を潰《つぶ》しそうなほどに眩《まぶ》しかった。

深夜のコンビニに行くときは気にも留めなかった寝癖《ねぐせ》を、こうも必死で直したのはいつぶりだろう。その上、サラリーマンたちと同じ電車に乗るのは、実に学生時代以来だ。

俺は渋谷駅で下車し、駅からほど近くにある、百貨店とオフィスが複合《ふくごう》した巨大なビル

へと向かった。会社勤めの経験がないせいだろうか、大きく開けたガラス張りのエントランスに、スーツ姿の大人たちが吸《す》い込まれていくさまは、どこか俺を拒《こば》むような威圧感《いあつかん》を放《はな》っているように見えた。

先方に私服で構《かま》わないと言われたのを真に受けて、Tシャツにパーカー姿という馬鹿正直な自分が少々《しょうしょう》みすぼらしく感じられた。初日くらいスーツを着てくればよかった、と思いはしたが、就職活動はしなかったし、成人式にも出ていないので、そもそもスーツを持っていないと思い出したら諦めもついた。

インフォメーションに向かい、緊張《きんちょう》気味《ぎみ》に訪問先を伝《つた》えると、巻き髪の受付嬢はマニュアル通りで無駄のない案内をすらすらと述べる。にっこりと笑顔を向けられるも、その眼差しは俺を素通りした向こう側を見ているような気がした。ここが都会のど真ん中だという感覚を肌で味わえる瞬間だ。美人は俺のような小汚い小僧《こぞう》に用はない。

行き先は、このビルの十六階から十八階までの三フロアを占める、『株式会社ハイアクシス』。従業員数二千人規模、創立《そうりつ》からまだ十年足らずだが、一部上場の大手ＩＴ企業だ。モバイルアプリゲームを企画開発、運営しているゲーム事業部が稼ぎ頭《がしら》として有名だった。

兄・滉一が俺に持ってきた仕事は、その花形ゲーム事業部で新しく作られるファンタジーＲＰＧの、メインシナリオライター兼、プランナーとして出向《しゅっこう》するというものだった。

どうやって合意に漕ぎつけたのかは知らないが、俺にとっては贅沢《ぜいたく》すぎるほどの大きな仕事だ。

　兄と同じく、自分もそれなりのゲーマーである自負はあったが、プランナー――ゲーム企画の経験はない。すべて混一からの又聞きなのが気がかりだが、シナリオさえ執筆すれば、企画面では未経験の新卒レベルで構わないと言われたらしい。雑用的な仕事も多いとのことだが、それでシナリオを書けるのであればなんの文句もない。なんだったら、オフィスの掃除だってしてやろうかと思うくらいだ。

　身綺麗《みぎれい》なスーツの男たちに交《ま》じって、履《は》き古したスニーカーでエレベーターに乗り込む。ピカピカのガラスの壁に映《うつ》った自分と目が合った。金に近い茶髪は、根元のあたりが黒くなっていた。野暮《やぼ》ったく、いかにもオタクっぽい風貌《ふうぼう》だと、まるで他人事のように思った。ここ数年、自分の見た目を気にしたことなどなかった。

　十六階でエレベーターから下りる。そこにはチェス盤みたいなタイルカーペットの床が広がっており、広々としたエントランスの壁には、ライトで映し出される『High-Axis』の社名ロゴが泳《およ》いでいる。モノトーンで統一されたその空間は、クラブかバーの入り口のようにも見え、今時の、勢いのある会社らしい雰囲気に思えた。

　エントランスは無人で、備え付けてある内線電話で人事部へと連絡を取った。担当者が離席中のため、取り急ぎ出向先の部署へ向かって欲しいとのことだ。忙《いそが》しいのか、ろくな

案内もされないまま、早々《そうそう》に通話を切られてしまった。

エントランスを抜け、やむなく手近な扉を開けると、どうやらそこがオフィスフロアらしい。だだっ広く、壁は眩しいほどに白い。周囲の壁はガラス張りだ。展望台のように渋谷の街並《まちな》みが一望できる。

デスクも並《なら》んではいるが、観葉植物と熱帯魚の水槽《すうそう》が置かれた、カフェスペースのほうが目についた。とてもオフィス内とは思えないウッド調の洒落《しゃれ》た空間だ。そこでコーヒーを飲みながら談笑する社員の姿を横目に、奥へと進んでいく。反対側にはミーティングルームらしき部屋が並んでいたが、その中にプレイルームと書かれた部屋があった。中を覗き見ると、大きなディスプレイやソファが設置され、ゲーム機がごろごろと転がっている。

これが昨今流行りのアプリゲームを、第一線で作っている大手企業。テレビの特集で見たままの、きらびやかなオフィスだ。雑誌からそのまま飛び出してきたようなOLたちが、香水のいい香りを振《ふ》り撒《ま》きながら、俺の横を通り過ぎていく。ちらほら見かける男たちも、心なしか全員イケメンに見えた。たぶん、今の俺はそういう呪《のろ》いにかかっている。

兄の会社・株式会社ファングリフは、今までにこの企業と仕事をした実績はない。しかし、滉一はいつもこういう規模の会社を相手に、引っ張りだこで仕事を請け負っているのだ。改めて兄のすごさを思い知るような気分だ。しかし、それと同時に、ファングリフ初

となるハイアクシスとの大事な仕事を、俺が引き受けて本当によかったのだろうか、という不安が込み上げてきて吐き気がした。

今朝家を出るとき、滉一から「喧嘩するなよ」というメッセージがスマホに届いたのを思い出した。兄の会社の看板を背負《せお》っているというプレッシャーは、想像以上に重い。失敗したら、ハイアクシスだけではなく、兄の顔にも泥を塗《ぬ》ることになるだろう。この業界にいられなくなる可能性だって無きにしも非《あら》ずだ。

けれど、これは両親が言うのとは違う〝やり直し〟のチャンスでもある。クリエイターとして、もう一度やり直すためのチャンスだ。成功すれば、得るものも大きいはずだ。

しばらくフロアをうろうろと歩き回ってみたが、ゲーム事業部と書かれた看板が立っているわけではなさそうだった。人に聞くのが手っ取り早いと思ったが、女性に声をかける勇気はない。俺は、通りがかった男性の中でも、ひときわ人のよさそうな風貌の男に声をかけることにした。

「……あの、すいません」

「はい、なんでしょう」

白いシャツにジーンズという爽やかな出で立ちのその男は、俺の見込み通り、柔《やわ》らかな微笑とともに立ち止まってくれた。歳は俺とさほど離れていないように見えたが、それでも洗練《せんれん》された都会の大人の雰囲気が漂《ただよ》っていて、つい緊張してしまう。

「……こ、こんにちは、株式会社ファングリフの鳥々英二です。今日からゲーム事業部Bスタジオの『十貴田組《ときたぐみ》』ってところに出向なんですけど、場所は……」

「ファングリフって、……あのファングリフ？　しかも鳥々って」

「ああ、いえ、すいません。『ドラジョ』とか『ソーアビ』をやってるのは兄の鳥々滉一で、俺はその弟です」

「そうなんだ、びっくりした。どうりで随分《ずいぶん》若いと思った」

アプリゲーム『ドラゴンズジョーカー』、『ソードアビス』は、どちらもメインシナリオを滉一が担当している、ハイアクシスの競合他社タイトルだ。

特に、滉一が手掛《てが》ける王道のファンタジーストーリーと、トランプモチーフのキャッチーなバトルシステムで幅広い層に刺さった『ドラジョ』は、ピーク時で月に八十億の売り上げを叩《たた》き出し、売り上げランキングで今もなお上位を維持しているモンスタータイトルでもある。そんな化け物を生んだ兄と勘違いされるのは、どうにも心臓に悪い。

「ごめんごめん、十貴田のところだったね、案内するよ。このあたりはべつの事業部なんだ。ゲームのフロアは二つ上だよ」

彼はそう言うと、思い出したように「ああ、俺は瀧浪《たきなみ》です、よろしく」と、首からぶら下げている社員証を掲げて見せてくれた。そこには『ゲーム事業部Aスタジオ・瀧浪敦士《あつし》』と書いてある。

彼の清潔感《せいけつかん》のあるシャツの袖口に、高そうな腕時計がさりげなく覗いたが、不思議と厭《いや》らしさは感じなかった。さすがは波に乗っている有名企業だ。ゲームクリエイターも、一昔前のオタクなイメージとは違い、お洒落でイケている。

「ファングリフからうちの十貴田組に出向ってことは、英二さんもシナリオライターさんってこと？」

「はい、まあ、一応……。今回はプランナーも兼業《けんぎょう》で、ってことなんですけど」

瀧浪に案内されるまま、エレベーターで十八階に上がる。彼のあとをついて歩く間、俺の緊張に気付いてだろう、瀧浪はあれこれと話しかけてくれた。声をかけたのが瀧浪でよかった。彼の温和《おんわ》で人懐《ひとなつ》こい人柄は、話し口調や纏《まと》う雰囲気からも伝わってくる。

俺は東京生まれ東京育ちだが、出不精《でぶしょう》で友達も少なく、音楽やファッションにもさして興味がない。当然、渋谷なんて場所には縁遠かった。今までやってきた仕事も在宅が基本で、たまに打ち合わせに出向くこともあったが、クライアントとのやり取りはメールか電話で事足りる。つまり今までの俺は、とにかく他人に会わずに済んでいたのだ。

それが急に、平日の昼間だって人でごった返す渋谷の、とびきりセンスのいいオフィスで、身綺麗な従業員に囲まれて仕事をしろだなんて、酷な話だ。元来《がんらい》人見知りの性格で、今まで出会ったどのクライアントとも喧嘩ばかりだった自分が、こんな場違いな企業でまともに人間関係を築けるはずがないと思うのは、至極《しごく》当然だろう。

けれど一緒に働く同僚《どうりょう》が、もしも瀧浪のような人ばかりなら、こんな俺でもなんとかやっていけそうだ。そう思えるほどに、瀧浪には天然の人当たりのよさがあるように思えた。

「……そうだ。一応聞かせて欲しいんだけど、英二さんのジャンルって？」

瀧浪にふいに投げかけられた質問には、どこか迷いが見て取れた。「ファンタジーです」と答えると、今度はあからさまに困ったような表情を浮かべる。

「そうか、参ったな」

「え？」

「うーん、どうなのかな。ちょっと状況が変わったばかりで……」

そして瀧浪が「あのあたりがBスタジオ、十貴田組だよ」と、案内してくれたのは、十八階フロアの隅《すみ》っこだった。わかりやすいところでよかった。なにせ広いので、慣れるまでは迷子になりかねないと思っていたところだ。

「瀧浪さん、あ――」

「――瀧浪さん、ミーティング始まります！」

ありがとうございました、とお礼を言いかけたとき、少し離れたところから、瀧浪の部下らしい若い男から声をかけられた。ミーティングルームへ移動の最中《さいちゅう》らしい、ノートパソコンを抱えた瀧浪の仲間たちは、ぱっと見た限りで三十人を超える大所帯《おおじょたい》だ。

はっとして腕時計を確認した瀧浪は、慌《あわ》てた様子で「それじゃあまた」と走り去ってしまった。瀧浪が合流すると、自然と彼らの表情に笑顔がこぼれる。和気藹々《わきあいあい》とした雰囲気と、それでいてバリバリ仕事をこなすのだろう彼らへの羨望《せんぼう》を禁じ得なかった。俺もこの会社で生まれ変わろう、という気にさせられる。

瀧浪たちの背中を見送ったあと、俺は案内されたフロアの隅『十貴田組』らしきデスクの島へ向かった。そこにいるのは、打って変わって、たった五人の男女だった。

これから新しいゲームをゼロから作るのだ。初期メンバーなんてものは、これくらいが普通なのかもしれない。ただ、なんとなく全員の表情が険しく、空気が張り詰めているような気がする——気がするだけならいいのだが。

「こ、こんにちは！　十貴田組って、ここで合ってますか？」

できるだけ明るい声色で尋ねると、五人のうちひとりがゆらりと立ち上がった。

カジュアルなTシャツとジーンズ姿の男だ。首から下げた社員証には、十貴田政宗《まさむね》と書いてある。ここが『十貴田組』で間違いはなさそうだ。そして、想像していたよりも随分若い——まだ二十代後半くらいに見えるが、この男がこのチームで一番偉い人——つまり、プロデューサーなのだろう。

「誰だてめぇ」

「へっ？」

俺の背筋にも、この場の空気と同じ緊張が走った。聞こえたドスのきいた低音は、間違いなく、今俺の目の前に立っている男、十貴田から発せられたものだ。

「……えっと、ファングリフの鳥々英二です。今日からシナリオライターとプランナー兼業で、十貴田組に出向って……、聞いてないですか？」

「ファングリフの鳥々……〝英二〟だぁ？」

十貴田の平たい額に青筋《あおすじ》が浮いた。迫力《はくりょく》のある長身に、俺を見下ろす銀縁の眼鏡がぎらりと光る。最初に滉一から『十貴田組』と聞かされたときは、ヤクザかよ、と笑ったものだが、今となってはまったくもって笑えない。

「滉一は」

「こ、滉一は俺の兄貴です」

恐《おそ》る恐る答えると、十貴田はばっと背後《はいご》を振り返り、「てめぇ、どういうことだ！」と怒《ど》鳴《な》り声を上げた。

怒号の先には、パーマ頭の若い男がデスクに突っ伏している。大口を開けてあくびをしながら、ゆったりと身体を起こすと、彼は動作の通りのんびりとした口調で言う。

「え～っ、なにがっすか？　その人、超人気シナリオチームの鳥々さんなんすよね？」

「殺すぞてめぇ、鳥々って言やぁ、滉一なんだよ！　誰だよ英二って！　おかしいと思ったんだ、あの鳥々滉一のスケジュールが簡単に押さえられるなんて……」

「ちょっと待ってくださいよぉ、だって滉一さんのほうはスケジュール埋まってて、英二さんのほうは空いてるって聞いたんすよ。同じ鳥々だしいいかな、って」

「このクソゆとり新卒……っ！」

十貴田がパーマ男に掴《つか》みかかろうとすると、今度は横から細身の男が間に入った。

「まあ落ち着けよ、十貴田。いいじゃないか、今となってはどっちでも」

なにやら訳ありなセリフで十貴田を宥めた男は、すぐに俺のところへとやってきた。中性的な雰囲気を纏った、驚くような美男子だ。黒いスキニーパンツの脚は細く、腰の位置が恐ろしく高い。

「こんにちは、十貴田組はここで合ってるよ」

彼の美貌《びぼう》に見合う、妙《みょう》に艶《つや》っぽい声に、同じ男ながら照れくさいような気持ちにさせられてしまう。かろうじて「こ、こんにちは」と返した声はひっくり返ってしまった。

「鳥々英二くん、だったね。きみもシナリオライターだから、ここに来たんだよね？」

美貌の男にそう尋ねられ、慌てて「もちろんです！」と腹に力を入れて答えた。彼の美しさに照れている場合じゃない。

「兄貴みたいな見栄《みば》えのいい実績はまだ……です。でも、ファンタジー一本でやっていくつもりです、やる気あります！　兄貴と間違って呼ばれたってのはなんとなくわかりました、でも……っ！」

パーマ男は、ゆとり呼ばわりされるくらいだ。ファングリフ・鳥々滉一のことなど知らず、〝鳥々〟の名字だけで俺を雇うという大ミスをやらかしたということはわかった。ただ、この状況を作ったのは、そういう彼のミスをわかっていて、俺を推薦《すいせん》した滉一の仕業でもあると理解した。

滉一め！　騙《だま》し通せるはずがないのに、おもしろがって俺をここに送り込んだのだ。バレたら当然追い返されるに決まっている。このヤクザみたいなプロデューサー・十貴田の鋭い視線は、同じ鳥々でも〝弟〟の俺に用はないといっている。

「でも俺、絶対おもしろいもん書けます！」

大人しく帰ってたまるか――そう思ったら、考えるよりも先にそう叫んでいた。目を丸くした美貌の男の横を抜け、縋る思いで十貴田の腕を掴む。眼鏡の奥でぴくりと瞼《まぶた》が動いただけで、彼の不機嫌《ふきげん》な表情は変わらない。だけど崖っぷちの俺が引いたら終わりだ、谷底しか待っていない。今はただ押すしかない。

「どうせ滉一のスケジュールは向こう一年以上埋まってます！　ファングリフのほかのメンバーだってそうだ。空いてるのは俺だけです！　俺に書かせてください！　今からだって書けますよ！」

「……っ！」

勢いに押された十貴田が顔をしかめ、一瞬だけ視線が逸《そ》れる。今この瞬間、十貴田はな

にか考えた、いや、ただ迷ったのかもしれない。――今だ、もっと押せ！　そう思ったときだった。

俺のそばで、華奢《きゃしゃ》な女が立ち上がる。パンクファッションに、黒髪ツインテールの女だった。赤縁眼鏡の奥で、切れ長の目が冷たく俺を睨《にら》んでいた。

「やる気出してるとこ悪いけど、ファンタジーRPGの企画は、ついさっき白紙になったんだよ」

「え……っ？」

彼女のセリフに、途端《とたん》に思考がフリーズする。続けて彼女の隣にいた、コンサバ系の美女が、にこにこしながら口を開く。

「今日からこの十貴田組は〝乙女ゲー〟の企画開発チームになったのよ」

「は……？」

言われた言葉が、俺の頭の中で軽快に跳ね返った。

ファンタジーRPGは白紙、今日からここは――乙女ゲーのチーム。

「あの、乙女ゲーって」

十貴田に縋りついたまま、浮上したシンプルな質問を投げかけた。すると、その美しい顔に哀《あわ》れみを宿した美貌の男が、困ったように眉尻を下げ、答えてくれる。

「女性向けの恋愛《れんあい》ゲームだね」

そう改めて告げられるも、脳が理解することを拒んでいる。ファンタジーRPGのメインシナリオを書けると送り出されたはずの、この『十貴田組』は、ついさっき、乙女ゲーの制作チームに変わった——？

「そういうことだ」と十貴田に頭を掴まれ、すげなく引き剝《は》がされた。あまりのことに、宙に浮いた手をどうするべきかもわからない。

「…………」

呆然《ぼうぜん》と言葉を失っている俺を見て、「あはは、ウケるまじ」とパーマ男が間の抜けた声を上げる。それに対して、眉間に皺《しわ》を寄せ「ウケねぇよ殺すぞ」と返した十貴田の声には、暴力的なセリフのわりに覇気《はき》がなかった。

「——そんじゃあ、まあ、おいでませ英二ってことで」

パーマ頭のゆとり新卒・巽《たつみ》の緩《ゆる》い挨拶に続いて「乾杯」とビールのジョッキをぶつけあった。

その日、終業時間になると同時に「暇だしとりあえず歓迎会《かんげいかい》しよう」と連れ出され、案内されたのが、オフィスの近くにある居酒屋の個室だった。

「あ～っ、うまい！」と豪快にビールを消費していく巽は、歓迎会とかこつけて、ただ飲みたかっただけのようにも思えた。飲まずにはやっていられない、という気持ちも、少なからずあるのかもしれないが。

歓迎会といっても、総勢五名の十貴田組のうち、参加メンバーは四人。肝心《かんじん》のプロデューサー・十貴田政宗の姿はない。

「十貴田さんは？」

「あの人はほかのチームの仕事もあるから、残業じゃない？　まあ、遅れて顔くらいは出してくれんじゃないかな」

俺の問いかけに、巽が好き勝手にメニューを選びながら答えた。

新卒二年目、俺と同じ二十四歳の巽銀之助《ぎんのすけ》は、ふわふわしたパーマ頭に眠たそうなたれ目、ゆったりした口調と動作に、百八十四センチの巨体が妙にアンバランスだ。一見上品なオフィスカジュアルファッションに見えるが、シャツの柄はてんとう虫で、スマホカバーは立体の派手なキャラ物だった。

「状況が状況だから。今日は特に虫の居所が悪かったけど、あの人がおっかないのはいつもだから、早いとこ慣れたほうがいいよ」

十貴田が参加しないとわかってほっとしたのが、露骨《ろこつ》に顔に出ていたらしい。今度は俺の斜め前に座った女から、ぶっきらぼうにそう言われた。

ツインテールにパンクファッションの派遣《はけん》デザイナー、二十一歳の新堂《しんどう》ありすだ。彼女のデスクには、流行りのアニメのグッズやフィギュアがずらりと並んでいた。オタクだということを職場で隠さずに主張できるのは、こういう業界のいいところだ。

「そういうもんかな」と俺がぼやくと、ありすの隣に座るコンサバ系の海原絹子《うなばらきぬこ》、三十一歳は、にこにこしながら「そうよぉ」と能天気《のうてんき》にも聞こえる口調で言った。

絹子はありすとは対照的で、アニメやゲームには一切《いっさい》興味がないというふうに見えた。ブランドのカバンとピンクゴールドの腕時計を身に着けた、シャンパングラスが似合う美人だ。仕事でもなければ、俺とは一生縁のなかった人種だろう。

実際《じっさい》、彼女は派遣事務ということもあって、ゲーム制作に直接関わるような業務はほとんどないらしい。人当たりはよさそうではあったが、掴みどころのないような、どこか独特な雰囲気を纏っていた。

俺はなんとか作り笑いを返してビールを煽《あお》ったが、ありすが言った「慣れたほうがいい」という言葉に対する違和感《いわかん》を、一緒に飲み下すことはできそうになかった。それは、十貴田組のメンバーに加入したという実感が微塵《みじん》もないせいだろう。

今日一日、俺に与えられた仕事はほとんどなかった。人事と事務的な処理を終えたあと、用意されたデスクでパソコンの設定を済ませた。そのあとは巽に指示を仰いだが、彼も俺になにをさせればいいのかわからないようだった。

あらゆるマニュアルを渡されて目を通したが、俺はそもそもこの業界の専門用語から学ばなければいけないと痛感するだけに終わった。けれど専門用語を学ぶのも、十貴田の怖《こわ》さに慣れるのも、俺がこのチームで本当にシナリオを書くことになるならの話だ。

こうして飲みに誘ってもらえたことは、素直に嬉しかった。手違いで入ってきた俺を、彼らは追い返すどころか、受け入れる構えでいる。それに、十貴田以外のメンバーは、身構えていた俺が拍子抜けするほどに気さくだ。

しかし、この場にいない肝心のプロデューサー・十貴田政宗は、まだ俺のことを歓迎も拒絶《きょぜつ》もしていない。

十貴田の職種はエンジニアで、歳はまだ二十八歳。いくら若い会社といえど、この年齢でプロデューサーを兼任しているくらいだ、おそらく優秀なのだろう。しかし出会い頭のキレっぷりは尋常ではなかったし、その後も様子を窺ってはいたが、彼の眉間から皺が消えることはなかった。

聞きたいことはたくさんあった気がする。けれど人を寄せ付けない十貴田の雰囲気に圧《あっ》倒《とう》され、結局話しかけることはかなわなかった。

株式会社ハイアクシス、ゲーム事業部Ｂスタジオ『十貴田組』。その名の通り、十貴田政宗がプロデューサーを務めるチームだ。

ファンタジーＲＰＧを作ろうと発足したチームだということは本当だったらしい。しか

し、ほかのチームで進行していた〝乙女ゲー〟を、急遽《きゅうきょ》押し付けられることになってしまった。「状況が変わった」と言っていた、瀧浪の困ったような表情は、つまりこういうことだったのだ。

もとの乙女ゲーチームは、ハイアクシスの看板タイトル『パズルアイランド』に企画のできる人員を持っていかれてしまったことが原因で、ゲーム制作がとん挫、解散となってしまったそうだ。

昨今のアプリゲームは、会社の規模にもよるが、月に四、五千万の売り上げを出せれば御の字、億の売り上げならヒット。そして一タイトルにつき、寿命は二年と言われている。その中でも、この通称《つうしょう》『パズ島《とう》』は運営五年目にもなる長寿《ちょうじゅ》タイトルだ。ピークはとうに過ぎ、売り上げはもちろん右肩下がりだが、それでも依然《いぜん》、億単位の売り上げで会社を支えている。『パズ島』の人員補強はその売り上げの〝下《さ》げ止《ど》め〟のためだ。

そして、そのとん挫してしまった乙女ゲーは、会社の企画会議を通っており、上層部の承認《しょうにん》が下りている。予算も確保済み、ベースとなるゲームシステムも開発が進んでいた。これから企画を作る予定の、超初期段階のＲＰＧが後回しにされてしまった現状については、わかりたくはないないが、かろうじて理解はできた。

飲み会中、そんな説明を買って出てくれたのは、少女漫画からそのまま飛び出してきたような美貌のアートディレクター・佐和寿里《さわじゅり》だった。十貴田と同じ二十八歳、身長はさほ

ど高くはないが、元読者モデルという経歴があるらしい。雑誌のスナップよろしく、シンプルかつモードなファッションを見事に着こなしているイケメンだ。

「それって、もうどうにもならないって感じなんですか？　ファンタジーRPGから急に乙女ゲーなんて、いくらなんでも」

　俺の質問に、「上が決めたことだからね」と寿里は綺麗な茶髪を揺らし、軽く頭を横に振った。左耳のダイヤのピアスがきらりと光る。

「それに、上との喧嘩なら、十貴田が充分にやってくれたよ」

　寿里が肩をすくめると、巽が口の中の物を咀嚼《そしゃく》しながら、「朝からたっぷり二時間ね」と付け加える。それはつまり、十貴田の直談判《じかだんぱん》も虚《むな》しく、決定事項が覆《くつがえ》ることはないということだ。

「あたしはべつにいいよ、乙女ゲーも好きだから」

　ありすは甘そうなカクテルに口をつけながら言った。それに続いて、「ま、流れの早い業界だかんね、仕方ないのよ」と、巽がビールを煽る。

「作ってたゲームが急に無くなったり、人が異動させられたり、ほんの数年で転職するのも当たり前。さすがに今回は、俺も乙女ゲーかよ、って思ったけど、こういう会社にいて予定通りにいくことなんてほとんどないし、臨機応変《りんきおうへん》に、どんどん切り替えなきゃ、やっていけないのよねぇ」

巽は「俺なんてそもそもゲーム事業部希望じゃなかったし」と付け加えた。巽のよく回る口と、飄々《ひょうひょう》としていて愛嬌《あいきょう》のあるキャラは、広報《こうほう》や営業向きにも思えた。

「乙女ゲーの資料読んだ？」

正面に座った寿里が身を乗り出し、尋ねてくる。俺はビールに口をつけながら、頷《うなず》いて見せた。

もとの乙女ゲーチームが制作した企画会議用の資料には、グラフや数字、専門用語らしき横文字がずらりと並んでいて、俺にはさっぱりわからなかったが、かろうじて理解できたのは、世界観設定の部分だ。

舞台は現代の日本。ゲームユーザーが自己投影《じことうえい》するのは、華《はな》やかな芸能業界の裏側で懸命《けんめい》に働くヒロインだ。恋愛対象は彼女の周りを取り巻く数人のイケメンキャラで、彼らは俳優やモデルなどの設定のようだった。

「王道の恋愛ドラマみたいな、わかりやすいラブストーリーって感じでしたね……」

「書けそう？」と率直に、しかしどこか申し訳なさそうに尋ねられてどきりとした。絶対におもしろいものが書ける、だなんて大口を叩いたばかりだ。そして俺にあとはない。少しも書ける気がしなかったが、すぐに「書けない」とは言えなかった。

実際のところ、現代を舞台にしたものはもちろん、女性向けの恋愛ストーリーを書いたことはない。俺が二十四年間、頭のてっぺんから足の先までどっぷり浸《つ》かっていた剣と魔

法の世界とは、真反対の世界だ。しばし悩《なや》んだが、「わかりません」と曖昧《あいまい》な返事をするので精いっぱいだった。

「俺もプロですから、話を組み立てることも、文章を書くこともできます。ただ女性向けコンテンツで、女性目線の話となると、経験が……」

今までに書いたファンタジー作品の中に、キャラクター同士の恋愛模様を組み込んだことはあった。けれど、それはあくまでも話の中の味付けのようなものだったし、読者層のほとんどが男性だ。〝書く〟だけなら素人《しろうと》にだってできる。だが商品としてのクオリティを求められたら、話はべつだ。

俺はそれ以上なにも言えず、項垂《うなだ》れることしかできなかった。今の状況を打破《だは》できる画期的なアイデアは浮かばない。それどころか、考えれば考えるほど自信が消失していく。

「……どうしてそんな、平気でいられるんですか」

思ったことが口をついて出た。上が決めたことだ、覆らない。それはわかった。けれど絹子やありすはともかく、寿里や巽はいやにあっさりとして見えるのが気になっていた。

「俺……、ファンタジーが書きたいです、書けないと困るんです……」

「………」

その場の誰もが口を噤《つぐ》み、隣の個室の盛り上がりがいやに大きく響いた。困らせたいわけじゃない。けれど、このやるせなさには、行き場がなかった。

ショックだったのだ。一からやり直すつもりで、意を決してファングリフに入って、せっかくもらったチャンスだった。やる気だってあった。滉一が手掛けた人気タイトルと肩を並べるような、いいゲームを作るんだって——なのにそれが、よりにもよって、乙女ゲーに変更だなんてあんまりだ。俺の胸の中で確かに燃えていた情熱が、今ではすっかり鳴りを潜めてしまっている。

正直に「乙女ゲーのシナリオなんて書けない」と言って、帰らせてもらったほうがいいのかもしれない。急ごしらえのシナリオで切り抜けられるほど、プロの世界は甘くないと知っているつもりだ。

——そのとき、「うふふっ」と小さな笑い声が唐突に響いた。

「うふっ、おかしい」

声の主は絹子だった。彼女はシンプルなジェルネイルの指先で口元を隠しながら、肩を震《ふる》わせて笑っている。緩いウェーブの茶髪と、大振りのピアスが揺れた。「絹子さん、どうしたの急に」と尋ねた寿里も、少々面食らった様子だった。

「だって、おかしくって。英二くんのこの状況が、まさに恋愛ドラマみたい」

「え?」

絹子の発言に、この場にいる全員が目を丸くして彼女を見た。彼女はこの状況にはそぐわないほど、おかしそうに続ける。

「だってそうでしょ？　やる気満々で新しい職場にやってきて、途端にこんなトラブルに巻き込まれるなんて、ドラマ初回の冒頭そのものよ。ヒロインは一生懸命そのトラブルに立ち向かって、成長していくものだわ。周りのイケメンと恋をして、助け合いながら」

「…………」

またも、しんと個室が静まり返った。確かに、とこの場にいる全員が思ったに違いない。

「ねぇ、英二くん。いっそ、この状況をお話にしたらいいんじゃないかしら？」

絹子は俺を見つめて、さらりと提案した。その発言に迷いは感じられず、思ったことを善意《ぜんい》だけで口にしたというふうに聞こえた。絹子には大人の女性ならではの無邪気《むじゃき》さがあった。

「恋愛ものを書いたことがなくたっていいじゃない。英二くんは、自分の体験したことを参考にして書けばいいんだわ」

「いや、そういう問題じゃ……」

絹子の言いたいことはわかるが、非クリエイターにありがちな、見当違いともいえる提案だ。ジャンル違いは大きな壁だ。シナリオライターの肩書を掲げる人間が、どんなジャンルの話も容易に書けるわけじゃない。

だが、今度はありすが「確かに」と呟《つぶや》いた。妙に納得した様子で「確かに、乙女ゲーっぽ

い」と続ける。

「十貴田さんはツンデレ上司、寿里さんは優しい王子様、巽は大型ワンコ系同僚……って感じで、乙女ゲーの攻略《こうりゃく》キャラの属性的《ぞくせいてき》には、ちょうど揃《そろ》ってる」

ありすの指摘にしばし全員が黙ったが、やがて巽が「ぶはっ」と吹き出して笑うと、堪《こら》えていた寿里もクスクスと笑い始める。

「キャラの参考になりそうな男も揃ってるわけだし、話を作る糸口くらいにはなるのかも」

そしてありすは、最後に呆然としている俺を見てずばり言った。

「それで、――英二、あんたがヒロインになるんだよ」

反射で「はあ?」と聞き返してしまったのは、初対面の年下の女に呼び捨てにされたことが問題じゃない。俺がヒロインになる、という聞き馴染《なじ》みのない言葉の組み合わせに、脳の処理が追い付かなかったからだ。

「どうせスケジュール的にも予算的にも、新しくライターを探して雇う余裕なんてないわけ。売れる人気ライターが捕まらないなら、誰が書いたって一緒じゃん」

「お、おいおい、ちょっと待ってくれよ、本当に俺が乙女ゲーのシナリオなんて……」

「誰が書いても一緒なら、あんたが書けばよくない? スケジュール空いてるんでしょ?」

ありすは吐き捨てた。辛辣《しんらつ》にも聞こえるが、ただそれが一番手っ取り早い、という実にシンプルな言い草にも聞こえた。

誰が書いても一緒――寿里が言った、今となっては雇ったのが滉一でも俺でも同じだという言葉が頭の中に甦《よみがえ》った。

十貴田組にとって、作るものがファンタジーRPGから乙女ゲーに変更になったことは、予期せぬ出来事だった。もし今日この場にいるのが本当に滉一だったら、滉一は話し合いの余地《よち》もなく、十貴田組から去ることになったに違いない。ファンタジー大作で今や若手ナンバーワンのシナリオライター・ファングリフの鳥々滉一に、乙女ゲーのシナリオを依頼《いらい》することほど、馬鹿馬鹿しいことはないからだ。

「あら、英二くんだけ頑張るんじゃ駄目よ。ここにいない十貴田さんも含めた三人が、ちゃんと英二くんを口説《くど》いて、みんなで英二くんをヒロインにするのよ」

ありすの言い分に圧倒され、言葉を失っている俺を尻目に、絹子は寿里と巽に視線を向けると、本気とも冗談《じょうだん》ともつかないトーンでそう言った。巽はアルコールのせいもあるだろう、ツボに入ったのか、いよいよゲラゲラと笑い出す始末だ。

「絹子さんマジ最高っすね、ウケる。なんかおもしろそうだし、いいんじゃないすか？やりましょうよ、それ」

「はは、まあ僕もいいよ。それで本当に書けるなら、試してみても」

巽に続いて、寿里までもが絹子の案に乗った。彼は半笑いだ、どこまでが本気なのかわからない。

「ちょっと、寿里さんまで……！」

「いいじゃないか、とりあえず今日のところはそういうことで。どうせいいアイデアなんかすぐには出てこないし」

「待ってくださいよ、本当にそんなことするんですか？　嫌ですよ、俺！」

俺の意思は無視《むし》なのか。そして、本当にそんなことでシナリオが書けるとでも思っているのか――？

もちろん、これからの相談次第《しだい》では、俺がシナリオを書かなければならなくなる可能性もあると思っていた。十貴田も、ほかのライターがいないのであれば、素人が書くよりはいくらかマシだという判断をするかもしれないからだ。

今まで少しも考えたことがないジャンルのシナリオだ。確かに苦労するだろう。だけど、絹子の案とありすの言い分は、場を和《なご》ませるジョークにはうってつけだったが、それ以上でもそれ以下でもない。それに、いくら美貌の寿里が混じっていたって、男に口説かれるなんてまっぴらごめんだ。

しかし、俺の焦《あせ》りをよそに、絹子はやはりにこにこしたまま告げる。

「英二くん。わたしたち十貴田組は、ゲームを作るために集められたのよ。どうせ作らな

きゃいけないんだもの。みんなで力を合わせて、できることならなんでもやらなきゃ駄目よ、そうでしょ？」

「……………！」

　ぐうの音も出ないほどの正論に、俺は完全に返す言葉を失った。仮になにかを言えたとしたって、絹子には暖簾《のれん》に腕押《うでお》しに違いない。そう思わせるくらいには、彼女の笑顔には底がないように思えた。

「それじゃあ、英二くん」

　妙に艶っぽい声をかけられ顔を上げると、真正面の席にいる寿里の、色素の薄《うす》い茶色い瞳がじっと俺を見つめていた――と思ったら、テーブルの下で、彼の革靴《かわぐつ》の先が俺の脛のあたりを撫《な》でてくる。ざわっと鳥肌《とりはだ》が立ち、思わず「ひっ」と声を上げてしまった。

「これくらいで固まって……。僕、本当にきみのこと口説くけど大丈夫？」

　寿里はからかうようにそう言って、目を細めて見せる。男に口説かれるなんてごめんだと思った直後だったが、意識したせいか、ただでさえ美貌の寿里が妙に妖艶《ようえん》に見えた。彼の中性的な美貌を前にしては、口説かれているのか、誘われているのかは曖昧だけれど。

「あ～っ、寿里さん抜け駆《が》けっすよ～、今なんかしたでしょ～っ！」

　今度は隣の巽の腕がぐるりと俺の肩に回され、ぎょっとする。さすが百八十四センチの巨体の腕だ。ずっしりと重たく、逞《たくま》しい。顔を近づけられ、寿里ほどではないにしろ、巽

も顔はいいのだと気づいた。眠そうだと思っていた目には、柔らかく甘い印象がある。

「ほ、本気でやるんですかっ？　その、……っ」

「そんなに焦らなくてもいいじゃないか、うじうじしていても始まらないし、気分転換みたいなものだよ。なにもやらないよりはずっとマシだ」

「そそ！　それにさ、英二。書けなきゃここにはいられないわけでしょ？」

「……！」

巽に頬をつままれ、はっとする。

「今うちの会社で、ライターが欲しいチームなんてないよ？　どこもプランナーが兼業か、外注なんだ。プランナー未経験だと、即戦力ってわけじゃないし、異動は無理ってわけ」

ハイアクシスは、新卒で入社するのだって難しい人気の企業だ。巽が言う「異動は無理」という言葉は、率直に言い換えれば、この十貴田組でシナリオを書けなければ、俺の存在は、この会社にとって不要だということだった。

「そ、そうなのかもしれないけど……っ！」

巽の腕にぎゅうぎゅうと抱きしめられて、暑苦しい。彼の腕から抜け出ようともがくが、体格が違いすぎるせいか、びくともしない。酔いが回ってきているのか、寿里はそんな俺たちを見てただ笑っていた。

「おこがましい」

と、冷たい声で飲み会独特の空気を切り裂《さ》いたのはありすだった。いつの間にか、彼女の赤縁眼鏡の奥の目は据《す》わっている。甘いカクテル類《るい》ばかりだったが、そういえば彼女の飲みのペースが一番速かったような気がした。

「当初の予定通り、ファンタジーRPGを作るなら、あんたなんかとっくに追い返されてるんだからね」

寿里が宥めようと「まあまあ」と口を出したが、ありすはフン、と鼻を鳴らし、構わず続けた。

「だってあんた、鳥々滉一じゃないじゃん」と、刺々《とげとげ》しく言い放つ。

「十貴田さんが作ろうとしてたのは、制作期間二年以上の大型タイトル、それも目標売り上げはウン十億単位。グラフィックも音楽もボイスも、各ジャンルの有名どころを引っ張ってくる予定だったのに、なんでシナリオをあんたみたいな新人に任せられるわけ？　滉一の予定は向こう一年以上空いてない？　だから自分に書かせてくれって？　冗談じゃない。じゃあほかの人気ライターを探すっつーの」

「ありすちゃん、酔ってない？」

「酔ってない！」

巽に尋ねられ、いら立たし気にバンッとテーブルを叩いたありすは、誰がどう見ても完

壁に酔っている。けれど彼女が言っていることには、酔っ払いらしい支離滅裂《しりめつれつ》さも横暴《おうぼう》さもなかった。寿里や巽が、優しさゆえに口にしない事実だ。

「あたしは絹子さんが出してくれた案、おもしろいと思ったよ。寿里さんも巽もせっかく協力的じゃん、うだうだ言っててんのあんただけじゃん。何様なんだよ、鳥々の弟だからって勘違いしてんじゃないの？」

「こ、滉一は関係ねーだろ！」

さすがに兄の名前を出されては黙っていられず、言い返したが、「関係ないよ！」と、いよいよありすは声を張った。

「関係ないから言ってるんだよ！　書くのか書かないのか、ハッキリしてくれなきゃ迷惑なの！　やる気がないなら、とっとと帰って！　乙女ゲーのシナリオを書きたいライターは山ほどいるんだからね。悩んでる暇なんかないんだよ！」

「う……っ！」

言葉を扱《あつか》う仕事を生業《なりわい》としていながら、情《なさ》けない。酔っ払いのありすとの、口喧嘩すらままならない。

乙女ゲーのシナリオなんて嫌だ。そんな駄々《だだ》をこねて、書かないなら十貴田組にはいられない。いくらファンタジーなら書けると叫んだって、ハイアクシスの中に行き場はない。書くなら書くで、恋愛ものに関しては未熟《みじゅく》も未熟だ。一刻《いっこく》も早く覚悟を決めて、手を

尽《つ》くさなければいけない――しかし、どうしても二の足を踏んでしまう。

「でも、俺だって崖っぷちで……！」

失敗を、したくない――そんな思いに、囚《とら》われている。兄の面子《めんつ》、会社の看板を背負っているプレッシャー。いや、それ以上にただ、もうあとがない自分のために――。

「英二、あんたって、自分のことばっかり考えてる」

「……っ！」

「なめてるんだよ、仕事を」

ありすにそう吐き捨てられて、息を呑んだ。先日俺のクビを切ったディレクターが、同じことを言ったのを思い出した。

「べつに、なめてるつもりは……っ」

なめているつもりはない、いつだって真剣だ。だけど俺は、自分のことばかり考えていなかっただろうか。乙女ゲーのシナリオなんてと見下して、ファンタジーさえ書かせてもらえれば、次こそは結果を出せるのに。俺は悪くない、俺は悪くないって――。

「――おい、なんだこの空気」

そのとき、個室の戸が開き、バリトンの声が降ってきてはっとした。

「あ、十貴田ぁ」と寿里がどこか舌足らずに言う。遅れて現れた十貴田は、寿里の様子を見て舌打ちをした。

「飲んでんじゃねぇよ、弱いくせに。巽、寿里に飲ますなって言ったろうが」

「ええ〜っ、そうでしたっけぇ？」

「てめぇも酔ってんな。オラ、解散だ解散、立て」

ラストオーダーを取りに店員がやって来たが、十貴田はドリンクを頼むどころか、椅子に座ることもなく、「チェック」とだけ告げる。いつの間にか随分と時間が経っていたらしい。スマホのディスプレイが示す時刻は、二十三時を回ろうとしている。

「……なに泣いてんだ？　お前」

十貴田は俺と目が合うと、眉をひそめてそう言った。「泣いてません」と答えて顔を伏せたが、俺の視界に映った十貴田の靴は、わずかに滲んで見えていた。

十貴田はぶっきらぼうに「そうかよ」と言った。突き放すような言い方に、余計に込み上げるものがあったが、唇を噛みしめ、ぐっと堪えた。人違いな上に、情けない面倒なやつだと、十貴田に思われたくなかったのだ。

酒に弱いのに必ず潰れるまで飲むらしい寿里、ペースが速かったありすだけでなく、結局巽までもそれなりに酔っていて、全員を居酒屋の個室から引っ張り出すのには少々骨が折れた。十貴田は「だから来たんだよ」といら立たし気にこぼしていた。

ちなみに絹子はいつの間にか姿を消していた。普段なら定時で帰ってしまうので、飲み会に参加すること自体が珍しく、今日のようにいつの間にか消えるのも、よくあることだ

と教えられた。ますます絹子という女がわからなくなりそうで、俺は考えるのをやめた。

「お前は平気か、〝鳥々弟〟」

「……俺はザルなんで」

鳥々弟――俺がもっとも嫌う呼ばれ方だ。カチンときたが、十貴田に食ってかかって勝てる気はしないので、今はただ我慢《がまん》するほかない。

会計はいつの間にか十貴田が済ませていたようだ。店から出ると早々にタクシーを捕まえ、十貴田は自分の財布からいくらか金を握らせたありすを後部座席に押し込むと、運転手に行き先まで丁寧に告げた。ありすは学生時代からの女友達とルームシェアしているらしい。マンションまでたどり着けば、その友達が身柄を引き取るだろうとのことだ。

残った巽は上機嫌で、「十貴田さん家で飲み直しましょう」と絡《から》んでくる。立ってはいるが、足元はおぼつかず、放っておいたら赤信号を平気で渡りそうな危うさがある。寿里はすっかりへろへろで、俺の背中に覆《おお》い被《かぶ》さるように圧《お》し掛《か》かってきた。自分で歩こうとする意思をまるで感じられない。

二人の醜態《しゅうたい》に、十貴田が深いため息を吐く。その心中はわからないでもなかった。

「おい、こいつらを俺ん家に連れていく。すぐそこだ。この馬鹿は俺が引っ張るから、鳥々弟、お前は寿里を引っ張れ」

「……は、はい！」

十貴田の平たい額に薄く血管が浮かび、癖なのだろう、眉間に皺が寄ったが、べつに彼らのことを嫌っているわけじゃないのは、俺にもかろうじてわかった。大きな声で怒鳴り、口が悪く、見た目も怖い。その上、俺のことを「鳥々弟」と呼ぶ、むかつく男だ。けれど、どうやら酔った部下の面倒を見るほどには、人でなしではなさそうだ。

俺は眠そうにしている寿里を背負った。俺も大概非力《たいがいひりき》なほうだが、寿里の体重は五十キロちょっとだろう、少しの距離なら、なんとか運べない重さじゃない。

俺の少し前では、十貴田が体当たりしてくる巽の巨体を受け止めたり、引っ叩いたりしながら、渋谷をいき交《か》う人々にぶつからないよう誘導している。手慣れたようにも見えるその様子は、なんだか奇妙な光景《こうけい》だった。

「英二くん」

俺の背中で、寿里がぼそりと言った。前を歩く十貴田には聞こえない声量だったが、寿里は顔だけでなく声もいい。呟くような小さな声も、どうしてか透《す》き通《とお》って耳に響いた。

「もう、起きてるなら自分で歩いてくださいよ」

「――どうして平気でいられるんだ、って聞いたね」

俺の言葉を遮《さえぎ》るように、寿里は言った。ぎくりとしたのは、罪悪感のようなものがあったからだ。

「それは、その……、すみません……」

どうして急に乙女ゲーなんてものを押し付けられて、それでもやるしかないと前向きでいられるのか、俺にはわからなかった。今となっては、無神経な発言だったと反省《はんせい》している。頭ではわかっているのだ。会社に所属する限り、好き勝手にできることのほうが少ないことくらい。

「ファンタジーRPGを、一番作りたかったのは十貴田だよ」

「……そうなんですか？」

「その十貴田が口を噤《つぐ》んでいるんだ。僕らはなにも言えないのさ」

寿里はそう言って、俺にしがみつく腕に力をこめる。耳元で聞く寿里の吐息《といき》交じりの声はセクシーだった。彼のほのかな香水の匂いに鼻をくすぐられ、なんだかソワソワもする。

だけど今は、十貴田の背中を見つめ、十貴田のことを考えずにはいられなかった。

鬼の形相で怒りを露《あら》わにしていた十貴田が、今回の一件に一番納得していない。突然《とつぜん》乙女ゲーのプロデューサーにさせられて、作りたいものが作れなくなって、その上入ってきたシナリオライターは手違いのせいで別人だ。

今はこうして部下の面倒を見ているけれど、本当は散々な気分に違いない。俺よりもずっと、もっと、納得していないのだ。

「僕はね、十貴田の鶴《つる》の一声《ひとこえ》を待ってる」寿里は静かにそう続けた。

「適当に今回の仕事を片付けて、早く次のタイトルに取り掛かるのか。それとも、この乙女ゲーを、今ある僕らのぜんぶを掛けて、最高のゲームにしようとするのか……」

「…………」

「……僕らは十貴田組だ。組長の意志に従《したが》う」

背中の寿里が、ずしりと重くなる。もう夢の中へ入りかけているのだろう。

平然として見える彼らが、なにも考えず、言われるがままに仕事を片付けようとしているわけじゃないとわかった。俺の目には、寿里は冷静《れいせい》かつ優秀で、信頼できるいい人に映った。その寿里が、十貴田が決めたことなら従える、信じて働けると言っている。

素直に羨《うらや》ましいと思った。俺は仕事をする上で、そんな関係を築けたことは一度としてなかった。俺の仕事はいつも戦いだった。意見や主張のぶつかり合いだ。自分以外はみんな倒すべき敵だった。だから、そんなものがあるとも思わなかった。

「十貴田さん、家、まだですか？」

俺はそのとき、ようやく十貴田に声をかけることができた。十貴田のことを怖いだけの上司だと思い込んだままだったら、できなかったことだ。十貴田は「もうすぐだ」と返事をしてくれた。

「……十貴田さんって、いい人なんですか？」

尋ねると、十貴田は巽の首根っこを引っ張りながら、ちらりと俺を見やる。眉間に皺が

寄っている。銀縁の華奢な眼鏡が、渋谷の夜のネオンにぎらりと光った。

「本人に聞くことじゃねぇだろ……」

「すいません……」

それからしばらく黙ってあとをついて歩いたが、やがて十貴田はばつが悪そうに「べつに俺はいい人じゃねぇ」と、ほとんどひとり言のように呟いた。

「だから俺のチームは人が少ねぇ。上にも好かれてねぇから、今回みたいな仕事を押し付けられる」

「………」

「俺についてくる、こいつらがいい人なんだろ……」

十貴田の低い声は、明るくて騒がしい渋谷の夜に紛《まぎ》れ、風に攫《さら》われていく。俺はそれがひどくもったいないことのような気がした。俺の背中で寝息を立てている寿里にも、聞いて欲しかった。寿里が抱く信頼に相応するものを、十貴田も部下に抱いているのだ。

十貴田組は、瀧浪のチームのような大所帯でも、和気藹々とした雰囲気でもない。一見みんなバラバラだ。だけど十貴田組はれっきとしたチームで、見えないなにかで確かに繋《つな》がっている。

俺は鼻をすすって、歩調《ほちょう》を速めた。

俺をここへ送り出した滉一は、なにをどこまで知っているのだろう。そしてここで俺に

なにをさせて、なにを学ばせたいのだろう。

そう考えながら見た十貴田の背中は、ひどく遠く感じられた。それは、もっと近づいてみたいと思ったからなのかもしれない。


「うわ、すげぇ……」

その部屋を見渡して、思わず感嘆《かんたん》の声が上がってしまった。

十貴田のマンションは、渋谷駅から徒歩十分の距離にある2LDK。広々としたリビングは綺麗に片付いており、大きなテレビと、男の夢といっていいだろう、ホームシアターが設置されている。

そしてなにより驚いたのは、ゲームの数々だ。壁一面の本棚《ほんだな》にゲームソフトがずらりと並び、テレビには最新ハードがいくつも繋がれている。見事なゲーマー部屋だ。

「兄ちゃんの……、ああ、えっと、兄貴の、滉一の部屋といい勝負ですよ」

滉一の部屋はもっとグチャグチャに散らかっていたが、一緒にゲームをして遊んだ思い出が蘇《よみがえ》った。壁一面を埋め尽くすソフトの中には、随分と懐かしいタイトルも並んでいる。そのラインナップを見る限り、趣味《しゅみ》も俺たち鳥々兄弟と似ていると感じられた。

「そうかよ。この馬鹿二人を片付けたら、好きに触っていい。ほらこっちだ」

十貴田の指示に従い、寝室のベッドに寿里と、結局力尽きてしまった巽を寝かせた。

一人暮らしには広い部屋だと思ったが、洗面台には化粧落としや、花柄のタオルが置いてあった。女ものだと思ってどきりとした。

「かっ、彼女、帰って来ちゃいますか?」

「あ? そんなもん、いねぇよ」

ということは、別れて出ていった元カノのものが、そのまま置きっぱなしになっているのだと察した。

十貴田は「もう面倒くせぇからお前も泊まっていけ」とリビングのソファを指差す。

「十貴田さんは?」

「もうひと部屋ある」

十貴田が言うもうひと部屋を覗かせてもらったが、その部屋はがらんとしていて、デスクがぽつんとあるだけだ。いかにも元カノが荷物をまとめて出ていった、その跡地だという感じがした。十貴田がどんな女性を好きになるのか興味が湧《わ》いたが、当然まだそんなことを聞けるような間柄《あいだがら》じゃない。

リビングに戻ると、十貴田が用意してくれたらしい、ソファに毛布がかけられている。

しかし、時刻は日付の変わる少し手前だ。すぐ寝てしまうには、この部屋はゲームに囲ま

れすぎている。好きに触っていいという言葉に甘えて、俺はいくつかゲームを物色《ぶっしょく》することにした。

近頃はゲームに費やす時間が減ったが、それは学生時代と比《くら》べればの話だ。注目の最新作は大抵《たいてい》チェックしているし、夜通しでプレイすることもままある。十貴田の棚には買い逃していたタイトルも揃っていて、ついつい目移りしてしまった。こつこつ貯めたお小遣いを握りしめ向かったゲーム売り場で、どれを買おうか何十分も悩んでいた子ども時代に戻ったような気分だ。

けれど結局手に取ったのは、中学生のときに熱中していた古いタイトルだった。北欧神《ほくおうしん》話《わ》がモチーフの、ダークファンタジーアクション。ストーリーモードのシナリオがやけにシリアスで、当時まだ子どもだった俺にはトラウマものの作品だ。だけどそのぶん強烈《きょうれつ》に印象に残っている。

ディスクをセットして電源をつける。ソファに座ってコントローラーを構えると、テレビ画面には懐かしいタイトル画像が浮かび上がった。

すると、部屋着に着替えた十貴田がやってきて、なにも言わずに俺の前を横切り、２Ｐコントローラーをハード本体に繋いだ。そしてやはりなにも言わないまま、俺の隣に座る。このゲームは協力プレイが可能だ。

俺が主人公の戦士を選択すると、十貴田は魔導士を選択する。滉一もよく使っていたキ

ャラクターだが、さすがの玄人《くろうと》チョイスだ。ＨＰや防御値《ぼうぎょち》が低く、その上技コマンドが複雑で扱いが難しいため、脳筋《のうきん》の俺には使いこなせない。

　ゲームが始まると、重厚なオーケストラＢＧＭとともに、画面の中のキャラが草原を走り出した。

「これのサントラ、よく聴いてたんですよ、懐かしいな」

　ぽつりと呟くと、十貴田が横目に俺を見やった。どう反応するかとひやひやしたが、十貴田は意外にも会話に乗ってきた。

「長谷川《はせがわ》プロデューサーの音楽は至高《しこう》だ。これ以外だと」

「『グランドエンブレム』とか」

　セリフが見事にシンクロした。『グランドエンブレム』はシリーズ全五作の名作ＲＰＧだ。俺のもっとも好きなゲームのうちのひとつで、何回も繰り返しプレイした。好きなシーンのキャラのセリフは空で言えるし、音楽を聞くだけで泣けてくるくらいだ。

「……わかります、名作ですよね。シナリオの人もすげぇ好きです、確か……」

「『岩瀬《いわせ》さん』」

　互いに顔はテレビに向け、手元《てもと》はコントローラーを忙《せわ》しなく操作《そうさ》したまま、横目で一瞬だけ視線がぶつかった。俺が少しだけ笑うと、十貴田もふんと鼻で笑った。

「当時は、岩瀬さんのシナリオってだけで買いでしたね」

俺が緊張気味に投げかける思い出話に、まるで当時一緒に遊んでいたみたいに「俺も」と小気味よく返ってくる。

「ゲーム、好きなんですね」

「愚問《ぐもん》だ」

「コンシューマーじゃなかったんですか、作りたいものって」

「新卒でコンシューマーのゲーム会社に入ったけど、二年で今の会社に転職したんだ。今、コンシューマーで新しいゲームを作るのが難しい。なんせ売れねぇからな。アプリのほうが新しいことに挑戦できると思ったし、とにかく早くゲームが作りたかったんだよ」

十貴田は俺と同じゲームを、俺と同じか、それ以上の深さで愛しているゲームオタクのようだ。ゲームが好きで、ゲームを作りたくて、ゲームクリエイターになった人だ。そう思ったら、胸の奥がむずむずした。十貴田はおっかないけれど、そういうところは俺と同じなのだと知られて嬉しかった。

ゲーム画面の中では、十貴田の魔導士が高レベルの魔法を放ち、モンスターを蹴散《けち》らしていく。十貴田のコマンド入力は鮮やかだ。「すごいですね」と思わず言うと、「指が覚えてる」と返ってきた。複雑で長いコマンド入力を、指にタコができるほどやってきたに違いない。

「……読んだ、お前の本」

「え……？」

ふいに、十貴田が言った。一瞬手元が狂《くる》ったが、画面の中のキャラは、かろうじて踏み留《とど》まり、モンスターを切り裂くと、前へと進んでいく。

「〝服部《はっとり》エイジ〟ってお前のペンネームだろ。『鳥々』『弟』で検索して、ラノベ関係の掲示板で見つけた。で、電子で読んだ、ラノベ四冊」

「い、いつ……？」

「さっき。読み終わったから、お前らが飲んでる店まで行った」

自分の作品を読まれたことは恥《はじ》だとは思っていないが、緊張が走った。次に十貴田が語るだろう評価に、つい身構えてしまう。

「設定厨《せっていちゅう》だな、世界観構築《せかいかんこうちく》は得意そうだ。典型的《てんけいてき》な中二病設定も嫌いじゃない。そのわりに文章はしっかりしてたし、読みやすかった」

「…………」

「ただキャラの心が伝わってこない。なんで戦っているのか説明はあるのに、どうしてか心には伝わってこなかった」

「俺、そんなに冷血《れいけつ》な人間じゃないはずなんですけど……」

「そんなことはわかってる。ただ人間や、その心に興味がないように思えた。それは世界観とかストーリーとか、細かい設定と比べてっていう話だ」

十貴田が述べた感想は、俺が今までにかかわった担当編集者や、クライアントに言われ続けていることと似ていた。

「まあ、普通にはおもしろかったぞ」

「普通ですか」

「ああ、普通だった」

文章や構成が下手《へた》だと言われたことはなかった。作りこまれた世界観や設定には自信がある。だけど、キャラはもう一歩だと言われ続けていた。視点がどこか一歩引いていて、読み手が置いていかれてしまうらしい。その道のプロではないはずの十貴田にも、同じことを見透《みす》かされてしまったのは、少なからずショックだった。

「兄貴のことはコンプレックスか。だから苗字を変えて作家をやってたんだろ」

「そ、そりゃそうですよ……」

受け答えを続けながら、目の前に現れた中ボスモンスターに会心《かいしん》の一撃を食らわせる。

「いいか、俺の下で働くなら、お前は鳥々英二の名前で堂々《どうどう》と仕事しろ」

「え……っ？」

「俺がなんですぐにお前を追い返さなかったかわかるか」

動揺《どうよう》している間もなく、十貴田はすぐに問いを投げかけてくる。

十貴田がすぐに俺を追い返さなかった理由——それは俺も知りたかったことだ。自分な

りの答えを探そうとした矢先、「今ドロップしたアイテム取れ」と指示を受け、ガチャガチャと慌ててコントローラーを操作する。

「お前は鳥々滉一じゃない。だけどお前の〝鳥々〟って苗字は金になる」

俺が口を開くよりも早く、十貴田は淡々《たんたん》とそう言った。俺の苗字が鳥々でなかったら、俺が鳥々滉一の弟でなかったら、追い返されていたということだ。

「それって……」

「今のお前には、客寄せパンダくらいの価値しかねぇ」

俺が書いたラノベを読んだあとでも、十貴田の中での俺の価値は、鳥々滉一の弟であるということだけ――鳥々の苗字を出せば、注目を集めることくらいはできるということだけだ。

歯に衣着せない、いっそ潔いくらいのド直球に、傷つかないわけじゃない。だけどなにも言い返すことができなかった。だって、なにを今さら――と頭の奥にいる冷静な俺が呟くのだ。

滉一の弟だと知っていて、十貴田と同じような考えを持ち、俺に声をかけてきたクライアントが、今までいったい何人いたのだろう。俺はきっと、ほかの新人よりもずっと仕事の数に恵まれていたはずだ。なのにひとつもモノにできなかったのは、なにより俺の実力不足が原因なんじゃないのか――？

それは絶対に認めたくなかったことだ。認めたくないから、それを自覚しないように目を背けて、俺を否定するクライアントたちに牙《きば》を剝《む》いてきたんじゃないのか？

仕事をなめている――俺のクビを切ったクライアントと、ありすに投げつけられたその言葉の意味は、俺にはまだあやふやで、掴めないままだ。

フリーランスの二年間、俺だって死ぬ気で仕事をやってきたつもりだ。それが修正を入れられ、ダメ出しを食らい、否定され続け、いつしか、これが理解できないなんてセンスがないって、わかるやつだけついてくればいいって、そんな傲慢《ごうまん》さを抱えながら物語を創るようになっていなかっただろうか。

滉一にできるのだから、俺にもできると思っていた。俺が創る物語だっておもしろいに決まっていると思っていた。

だけど俺は、実の兄である鳥々滉一の偉大《いだい》さを、隠れ蓑《みの》にしていなかっただろうか。

俺の考え方が間違っているんじゃないか、俺には才能がないんじゃないか――そういう迷いや不安を解決するためではなく、ただ、打ち消すために。

――〝俺〟に価値なんかない。

二十四年間、剣と魔法の世界に塗《まみ》れている間は、知らないままでいられた。だけど今日、現実世界のたった一日が俺に突き付けたのは、そういう残酷《ざんこく》な真実だった。

「でも、それならどうして読んでくれたんですか、俺の……」

必要なのは鳥々の苗字だけのはずなのに、わざわざ、ラノベを四冊も。しかし、そんな俺の問いに、十貴田はこともなげに言う。

「はあ？　お前がどんなもんを書くのか知らないで、どうやって一緒に仕事すんだよ」

「…………っ」

俺はぐっと奥歯を噛みしめた。鳥肌が立って、見ている画面がわずかに滲んだ。

上辺だけの悪口なら、きっと傷ついたりしなかった。十貴田の辛辣な言葉の数々が、俺の心を抉《えぐ》ったのは、それらが〝俺〟を――鳥々滉一と切り離された、俺という個体に対して放たれたものだからだ。だからその言葉には威力《いりょく》がある。

そして十貴田は、俺に価値がないと言いながら、それでも一緒に仕事をするということを考えてくれている。一緒に働く気があるのなら、胸を張り、堂々と立てと言っているのだ。

「十貴田さん」

ＢＧＭが変わる。重く、緊張感のある音楽だ。ダンジョンの最奥、巨大なボスモンスターが現れ、火を噴き唸《うな》りを上げた。

「俺のこと、口説いてくれませんか」

一瞬の間があってから、「はあ?」と十貴田が顔をしかめる。

「いや、あの……、さっき、絹子さんの提案で、そういう話になって……」

ことの経緯《けいい》を説明すると、「絹子さんらしいな」と十貴田はどこか納得したように呟いた。

――口説かれてヒロインになれだなんて、馬鹿げた話だ。けれどそのことを意識したら、同じ男だっていうのに、寿里や巽を見る目が少しだけ変わった気がしていた。

寿里はもともとイケメンだが、その色っぽさや頭のよさが彼をもっといい男に見せていると思った。自分がもしも女だったら、完璧にも見える寿里が酔い潰れたり、悪ふざけに便乗《びんじょう》する無邪気さを、きっとかわいいと思うだろう。

巽はいい加減に見えるが、その人懐っこさや、沈《しず》んだ空気の中でも自然体でいられる神経の図太さは、いつか落ち込んでいる恋人の心を照らすような気さえする。それに意外にも甘いマスクと、キャラに似合わない逞しい体躯は、ギャップ萌《も》えといえるかもしれない。

男に口説かれるなんてまっぴらごめんだ。だけど寿里は言った、なにもしないよりマシだって。

こんなことで女性向けの恋愛ものが書けるはずがない――本当に、そうだろうか。やってもいないうちから、ジャンル違いだからと、拒絶しているだけなんじゃないか。

「俺、認めたくなかったですけど、本当は全然駄目なのかもしれないです」

自分でも聞いたことがないほど、そう口にした俺の声は静かだった。

「でもそれって、頑張らなくていい理由にはならないですよね」

俺に価値はなかったのだ。そう認めたら、最初から今までずっとそうだったと思えた。だけどこれからもずっと、このままの俺じゃいけない。

やり直そう——今日この場所から、本当に、心の底から生まれ変わるんだ。頑張るだなんて、やり方も行き先もわからないけれど。

だけど、もし俺も寿里のように十貴田を信じられるなら。ちゃんと十貴田組の一員になれるなら。ひとりじゃないなら——できるだろうか。

「俺、恋愛もののことなんかわからないです、正直言うと自信もない。だけど、絹子さんたちが言うみたいに、本当に口説いてもらったら、もしかして、って……。冗談みたいな話ですけど、それで書けるようになるなら、俺——」

そのとき、突然強い力で頭を引き寄せられ、言葉が途切れた。握っていたコントローラーが手から滑り落ち、ゲーム画面を見つめていたはずの視界に、銀縁の眼鏡が鈍《にぶ》く光る。

「…………っ」

息を、呑んだ。

俺のうなじを引き寄せたのは、熱いくらいの大きな掌《てのひら》の感触。眼鏡のレンズの向こう、奥二重の鋭い瞳に、硬直《こうちょく》した間抜けな自分の姿が映っているのを見た。それくらいに、十貴田の顔が近くにあった。

「口説いてくれって？」

「……あ」

深く響き、染《し》み渡るような歯切れのいい低音──唇にかかった彼の吐息に、かすかな煙草《たばこ》の苦い匂いに──これがキスを交わすコンマ一秒前の距離だと思い知った。

「……俺は言葉を並べたりしない。ベラベラ喋《しゃべ》るのは自信がない男のやることだ」

テレビ画面には、『CONTINUE』の文字がでかでかと表示されている。俺のキャラは、いつの間にかＨＰを失い、地べたに伏せっていた。それが十貴田の眼鏡のレンズに映り込んでいる。

こんな一瞬を、俺は知らない。

呼吸ができなくなって、全身の毛が逆立《さかだ》つ。聞いたこともないくらい早く脈打つ自分の心臓の音が、さっきまで心地よく響いていた大好きなゲームミュージックを、容赦《ようしゃ》なくかき消していた。

2

「乙女ゲー？」

兄の鳥々滉一は、瞳をらんらんと輝かせてそう聞き返し、俺のむくれた表情を見て大笑いした。それから、「最高！　おもしろそうだ！」と声を弾ませる。兄弟だからわかる。それは決して俺を揶揄《やゆ》しているわけではなく、心の底からそう思うから言っているのだ。

休日にひとりで実家にやってきた滉一は、俺の部屋に押し入り、レースゲームでの対戦を申し込んできた。俺のほうが得意なジャンルのゲームだったが、滉一が仕事の状況を尋ねてきてはゲラゲラと笑うので、ちっとも集中できなかった。

シナリオライター・鳥々滉一が得意とするのも、俺と同じファンタジーのジャンルだ。けれど、滉一も文章を書く人間だと俺が知ったのは、彼が社会人になり、彼が担当したゲームが発売になったときが初めてだった。

滉一は超がつくほどのゲーマーだったが、部活はずっとサッカー部だった。友達が多くてほとんど家にいなかったし、いるときはずっとゲームに張り付いていた。国語の成績はいまいちで、作文も大嫌いだったはずだ。そんな彼が、まさか物語を書くだなんて、思いもよらなかったことだった。

血の繋がった兄弟なのに、俺と滉一は真反対だ。同じジャンルのシナリオライターになるまでの経緯も、そしてなったあとも。

「それにしても、意外だなぁ。英二がまさか、乙女ゲーのシナリオを書くなんて。そんなことになったら、怒って帰ってくると思ったよ」

滉一はそう言ったし、俺もそう思っていた。

「なりゆきだよ、なりゆき」

「大人になったなぁ、英二」

「うるせぇ」

お前は兄貴とは違うんだ。同じようになれるわけがねぇだろう——以前、父親にそう言われ、大喧嘩したのを思い出した。

今までの俺は、滉一と違うことが嫌だった。違うということを認めたくなかった。自分は成功できないと言われているような気がしたからだ。

けれど意外にも、今はその〝違う〟という事実を、悪くはないと思い始めている。十貴田にはっきりと価値がないと言われて傷ついたが、それと同時に、心はどこか楽になった。

俺は鳥々滉一じゃない。だから、乙女ゲーのシナリオだって書いてやるんだ。

しかし、そんな意気込みをよそに、具体的にどうやって書けばいいのかはまだわからない。ヒロイン気分で男に口説かれることで、なにかわかることもあるかもしれない、とい

うのが絹子の案だったが、自分でも勉強や情報収集は必要だ。

そういえば、隣にいる兄は妻子持ちだ。恋愛ものを書くにあたって、なにかいいアドバイスをもらえないだろうか。

「兄ちゃんはさ、奥さんのこと口説くとき、いきなりさ、その——」

「いきなり、なに？」

「——キス、迫《せま》ったりとかした？」

平静を装ってはいたが、頬が熱くなって、尋ねた声は上ずってしまった。家族と恋愛の話をしたことはなかった。滉一は間髪《かんぱつ》入れずに、ケラケラと笑い出す。

「なんだそれ、乙女ゲーっぽいじゃないか。でも俺の実体験はあんまり参考にはならないかもな。俺は嫁さんに口説かれちゃった側だから」

「そ、そっか……」

あの夜——唇が触れそうなほど近くで見た十貴田の顔を思い出すたび、恥ずかしい気持ちになって、身体の芯《しん》のあたりがカーッと熱くなる。

十貴田は本当にあれこれと言葉を尽くさなかった。実際に唇が触れたわけではないが、それでも突然あんなふうに迫られたことは俺にとって衝撃だった。あのあとは、十貴田が硬直した俺を馬鹿にするみたいに鼻で笑って、ゲームは終了だった。

普通はいきなりキスを迫ったりなんかしない。たぶんだが、大半の男がそうだろうし、

少なくとも俺には到底真似《とうていまね》できそうにない。だけど十貴田が、マンションを出ていったであろう恋人にも、過去に同じことをしたのかもしれないと思うと、そこに同じ男としての尊敬の念が混じってしまうのも事実だ。

十貴田は自分に、男としての自信があるのだ。あの日の夜は、それを見せつけられた気がする。それを傲慢だとは思わなかったのは、十貴田自身にそれ相応の裏付けがあるからだろう。

大手企業で働いて、二十八歳でプロデューサーだ。渋谷のあんな広いマンションに住んでいて、高身長で、顔は少々強面《こわもて》だが、近くで見たら意外にも綺麗に整《ととの》って——もし俺が女で、あんな男に強引に迫られたら、唇くらい許してしまうかも——なんて。

「まあ、頑張れよ英二」

はっとして、慌ててカーブを曲がる俺の愛車。後ろについてきた兄の車に抜かれないよう、インコースを死守《ししゅ》した。レースは三週目、最終ラップへと突入する。ここまで来たら勝たせる気はない。

「おもしろいもんを作れば、ユーザーはちゃんとついてきてくれるもんさ」

劣勢《れっせい》のわりに、滉一は朗《ほが》らかな声で言う。横目で見た彼は、どこか満足気な表情をしているように見えたが、根は負けず嫌いだ。負けたらきっと言うだろう——「もう一回だ」。

「――どんなにおもしろかろうが、売り上げの出せねぇゲームはクソだ」

ミーティング開始早々、十貴田の第一声がこれだった。その場にいた十貴田組のメンバー全員が凍り付いたのは言うまでもない。「売り上げね」と小さくぼやいた寿里の声色から、なんとなくそれは難しいことなのだと察した。

これからどうやって、どんなゲームを作っていくかという企画会議が会社のミーティングルームで行われた。ゲームシステムはプランナーとエンジニアをメインに検討《けんとう》するが、早く方向性を決めて、ゲーム画面のデザインも同時に進めていかなければいけない。当然、俺のシナリオ執筆も走り始めなくてはいけなかった。

途中まで開発済みだったものを引き継いだおかげで、ゲームシステムの基盤《きばん》の部分はできているらしく、開発にはさほど期間はかからなさそうだというのが十貴田の見解だ。

十貴田はテスト用画面を作り、実際に動くゲーム画面を見せてくれた。絵の素材がないので色んなものが仮の状態ではあったが、十貴田の作業の早さを見せつけられるのと同時に、自分たちでゲームが作るのだという自覚が生まれた気がした。

ゲームリリースは八カ月後の十二月だそうだ。ありすから厳しいとは聞いていたが、俺にはあまりピンとこないスケジュールだ。

「それって結構ヤバいんですか？」

尋ねると「そうだね、結構ヤバい」と寿里は肩をすくめる。

「絵やシナリオを外注すると、あっという間に時間が過ぎていくんだよ。英二くんには、今ある大まかな設定をもとに、メインシナリオを書いてもらうことになるけど、キャラクターごとのイベントのシナリオは外注になると思うから」

それは俺がいち早く仕事をこなさなければ、外部ライターへのシナリオ発注《はっちゅう》が難しいということだ。覚悟こそ決まったものの、まだ頭の中が真っ白の俺に焦りが芽生《めば》える。

「資料、全部見たけど、なんか今さらって感じだね」

ありすはそう言いながら、もとのチームから引き継いだ資料データを、ミーティングルームのモニターに映した。「今さらって？」と尋ねると、彼女はどこか不機嫌そうに告げる。

「内容もシステムも、ベタで使い古されてる」

乙女ゲーについてはプレイヤーでもあるありすは、自分たちがこれから作るものに、少なからず疑問を抱いているらしい。俺はギャルゲーならまだしも、乙女ゲーのことはわからない。しかし、彼女の言う通り、これといって真新しさは感じない資料に思えた。俺が担当する世界観部分に関してもそうだ。芸能人と恋愛をするという設定は、なんだかベタでむず痒《がゆ》い。

すると、巽が間延《まの》びした口調で言う。

「資料のターゲット層見たでしょ？　今回の乙女ゲーは、オタク女子向けじゃなく、一般女子向けだから、ベタな内容くらいがいいってこと。尖《とが》った設定じゃ、より多くのユーザーに受け入れられないからね。それに、システムやゲーム性に新しさや複雑さはいらないのよ。難しいとユーザーがプレイできないわけだし」

　今回十貴田組が作るのは、アラサー以上の一般女性向けのゲームだった。普通のＯＬや主婦が、ちょっと時間が空いたときにプレイするもの。資料にはそう書いてあった。絹子のような、ゲームに興味がない女性にもプレイできる、とっつきやすさや簡単さ、気軽さみたいなものがなくてはいけないということだ。

「そうかもしれないけど、乙女ゲーで大手を張ってる他社のタイトルと戦える内容じゃないよ。新しさもウリも魅力もない、ごく普通の乙女ゲーでいいなら、ユーザーだってクオリティに定評がある大手のタイトルをやるよ」

　俺もゲーマーの端《はし》くれだ。ありすが言っていることはもっともだと思えた。

　ゲーム会社にもブランド力がある。同じ素材とデザインのバッグでも、どこのブランドのロゴが入っているかで価値が大きく変わって見えるだろう。ゲーム会社にも似たようなことがいえた。

　株式会社ハイアクシスは、乙女ゲーを作ったことがない。アプリゲームの会社としては

有名だが、乙女ゲー界隈《かいわい》におけるブランドの力は、名も知れない小さなベンチャー企業よりはいくらかマシという程度で、今まで乙女ゲージャンルをメインにこの業界で戦ってきた企業とは比較にならないほど弱い。

その上、このジャンルにおいて知識も経験もないメンバーでは、ただ闇雲《やみくも》に作ったところで、売り上げはもちろん、ゲームのクオリティ面においても、大手の既存《きぞん》タイトルを上回ることは難しいことのように思えた。

「なんで今回、その〝今さら〟で〝使い古された〟乙女ゲーを作らなきゃいけないんですか？」

会社が、十貴田組やこのゲームになにを求めているのか計《はか》りかねる。俺の問いに、寿里と巽はわずかに表情を強張《こわば》らせた。まずいことを口にしてしまったらしいと気づいたのと同時に、十貴田が眉間に皺を寄せ、俺を睨む。

「お前には関係ない。余計なことを考えるな」

「……余計なこと、ですか」

「そうだ」

十貴田はそう吐き捨てたが、自分たちがいったいなんのために仕事をしているのか、それを知ることが、余計なことだとは思わない。会社の事情が絡んでいるのかもしれなかったが、それにしたって十貴田の言い草はぞんざいに思えた。

「文句があるのか」

俺の不満はわかりやすく表情に出ていたようで、俺を睨む十貴田の凄《すご》みが増す。この場で押し問答を続けても結果は得られないように思え、俺は「いえ」と短く返した。

「そうは言っても、ゲームシステムについては、これから改修を入れるつもりだ」

十貴田が言うと、寿里が笑顔で頷く。この場の空気を取り繕《つくろ》うように、妙に明るい声色で話を続けた。

「それに加えて、なにか売りになる部分がないと、十貴田が言う売り上げを作るのは難しいかもしれないね」

「男ばっかりで作る乙女ゲーって珍しいと思うけど」と巽が言ったが、寿里は首を軽く横に振った。

「確かにそうだけど、ゲームニュースでしか取り上げられないよ。ユーザーにとっては、あまり関係がないかも。そういう意味では、鳥々澋一の弟がメインシナリオをやるっていうことも、業界内の注目を集めるっていう意味ではいいんだけど――ああ、ごめん、悪気はないんだ」

寿里が申し訳なさそうな顔をしたが、先日十貴田に〝客寄せパンダ〟と明言されている。今さらどうということもなかった。

「やっぱりゲーム自体にわかりやすい特徴がないと。キャッチコピーになるような」

「ちなみに、泣ける系ってどう？」と、ありすが挙手した。

「実は、メインビジュアルとキャラデザのイラストレーターを、『千画堂《せんがどう》』って大手イラスト制作会社の〝しちり〟を押さえられないか考えてるんだ」

ありすはそう言うと、パソコンを操作し、モニターにイラストを映し出すと、スライドショーに切り替える。複数のイケメンキャラが並ぶ一枚絵が、次々と流れ始めた。

「〝しちり〟はもともと乙女ゲーの同人出身なんだけど、とにかく絵が繊細《せんさい》で綺麗なんだ。コミケでも画集がすごく人気あるんだよ。商業デビューは最近で、まだ本格的にメインで乙女ゲーの仕事をやったことはないみたいだから、変なイメージもついてないだろうし」

乙女ゲーのキャラクターは、俺にはどれも同じ顔に見えると思っていたが、しちりのイラストは骨格や顔の造形に明確な差異があり、多彩《たさい》なキャラクターを描き分けられている。花や建物などの風景にも説得力があり、息遣いさえ伝わってくるような空気感があった。

そしてなにより、その美しさの中に憂《うれ》いがある。ありすはしちりのイラストを見て「泣ける系」と提案したのだろう。

「絵は確かに綺麗だけどさ、ユーザー層的に微妙じゃない？　乙女ゲーをやる女子って、疲れて家に帰ってきて、癒されたいからゲームするのに、しんどいシナリオ読みたくないでしょ」

巽のツッコミも理解できた。寿里が「絹子さん的にはどう？」と話を振ると、彼女は頬杖をつき、相変わらずにこにことした笑顔のまま答える。

「そうね。ネガティブな感情からの〝泣ける〟じゃないなら、いいんじゃないかしら。巽くんの言う通り、悲しいとかつらいとか、切ない気持ちで泣くのは疲れるわ」

すると、今度は寿里が俺を見る。視線が合って、ぎくりとした。

「英二くんはどう？　なんていうのかな、嬉しいとか、そういうポジティブな気持ちで泣ける系って」

「……う、……えーっと……」

猛スピードで進んでいく話に、なかなか頭の回転がついていかない。ゲームは好きだが、やはり作る側の感覚は別物だ。

その上、泣ける系と言われて完全に腰が引けていた。十貴田にも指摘された通り、キャラの心の機微《きび》表現《ひょうげん》には苦手意識がある。ファンタジーなら、キャラを死なせることで涙を誘うこともあるが、今回ばかりはそう安易《あんい》な手に頼るわけにもいかない。

「…………」

黙ったまま十貴田と目が合った。今の俺の心境《しんきょう》を察してか、彼は肩をすくめ、パソコンを閉じて立ち上がる。

「わかった、いったんはありすの案で検討、解散」

「どうした?」と尋ねた寿里に、「掛け持ちのチームで障害だ」とだけ告げると、十貴田は後頭部を掻《か》き、あくびを噛み殺しながらミーティングルームを出ていく。

十貴田はいくつかチームを掛け持ちしている。社内チャットで障害の報告を受けたようだ。障害とは、ゲームのバグやエラーと呼ばれるようなもののことだ。早急に修正対応をしないと、会社に大きな損失《そんしつ》を与える場合もある。

「十貴田さん、機嫌悪かったですね」

多忙で疲労が溜《た》まっているせいもあるだろうし、不機嫌そうな態度がデフォルトといえばそうなのだが、売り上げのことを口にした十貴田が纏う空気は、やはりどこかピリピリと張り詰めていたように見えた。

「十貴田もまだ、どうすべきか悩んでるんだよ。あいつもあれで結構な〝崖っぷち〟で〝あとがない〟からね」

無意識だろう、意味ありげな寿里の発言は気にかかったが、俺は小さく「そうなんですね」と返事するだけに留めた。詮索《せんさく》していいことなのか、わからなかったからだ。

売り上げの出せないゲームはクソだ——アプリゲームは出すだけでは終わらない。リリースしたあともあらゆる施策を打ち、毎月の売り上げを出さなければ、運営を続けていくことはできない。それは頭ではわかっているが、シンプルに「おもしろいものを作ればいい」と言ってくれた滉一の考えとは明らかに違う。俺は十貴田の言葉を何度も頭の中で繰

り返し再生してみたが、それはどうしてか自分の身体に馴染む気がしなかった。

釈然としないままミーティングルームから出ると、ありすが俺のところへと走り寄ってきた。

「英二、頑張って泣けるやつ書いてよ。どうせ、男が書いたかわいいラブコメってちょっと引くしさ。あたし、絶対しちりの絵がいいと思うの、泣けるようなやつに」

ありすは今の仕事に疑問を抱きながらも、この短期間にメインビジュアルを任せたいイラストレーターを探してきた。たぶん、やると決まってからすぐにイラストレーターのピックアップを始めたのだろう。そして彼女の目に留まったのが、先ほどの『千画堂』の〝しちり〟だ。

「……ありす、すごいな」

思ったことをそのまま口にすると、ありすはきょとんと目を丸くした。そしてすぐに嫌そうに唇をへの字にする。

「はぁ？　キモッ、なに言ってんの、急に。意味わかんない」

ありすはそう言い捨てると、デスクに戻っていく。

意味がわからない、なんてことはない。俺はまだ覚悟を決めただけで、立ち止まったままだ。だけどありすは前に向かって走り始めている。そのことを素直にすごいと思ったのだ。

泣けるシナリオか――と心の中でごちる。

悔《くや》しくて、悲しくて、つらくて泣いた記憶はすぐに思い出せた。けれど、嬉しさや温かさみたいなもので涙を流した思い出は、俺にはなかった気がする。

デスクに着きディスプレイに向かってみるものの、案の定、いたずらに時間が経過するばかりだった。ただでさえ初挑戦の恋愛モノ、とりわけ苦手なキャラクターの感情表現。目が合ったあの瞬間、十貴田は俺の戸惑いに気づいただろう。けれど、書けないとは思われたくない。その思いが、俺の焦りに一層拍車《はくしゃ》をかける。

それから、十貴田が俺になにかを隠していることも気がかりだった。自分たちがする仕事が、いったいなんのためなのかわからないままでは居心地が悪い。会社の事情で出向の俺には話せないなら、せめてそう言ってくれれば、俺だって引き下がれる。それをしないのは、十貴田の単純な不器用さなのか、あるいは、ばつの悪い事情が絡んでいるのか。

一刻も早くシナリオを書く――その糸口を掴むためにも、今は自分を取り巻く状況について、より多くの情報が欲しかったし、俺だって十貴田の言う〝余計なこと〟に気を取られていたくなかった。

しばらくすると、他所のチームでの仕事がひと段落ついたらしい、十貴田が自席に戻ってきた。このままひとり、虚しい時間を過ごしていても埒《らち》が明かない。意を決し、俺は十貴田のデスクへと向かった。すぐそばに立つと、難しい顔でコードを打つ十貴田のこめか

みがぴくりと動く。

「うるせぇな、なんだ」

「まだなにも言ってませんけど」

「視線と存在がうるさい。用件があるなら早く言え」

十貴田は俺のことを見もせずにそう言った。俺に構っている暇がないのは本当なのだろう、キーボードを叩く指の動きは忙しない。

「このあと、昼休み、空いてませんか」

尋ねると、十貴田は俺の言わんとしていることを察してか、一層不機嫌そうに眉根を寄せる。

「余計なことは考えるなと言っただろ。何度も同じことを言わせんじゃねぇ」

「そんな言い方ないじゃないですか。俺たち、一緒にゲームを作るんですよね？」

「それらしい言い方すんな。しつこい」

そういう自分の性分には多少なりと自覚があったが、はっきりとしつこい、と言われてむっとした。上等だ。俺が十貴田とディスプレイの間に身を乗り出すと、十貴田はぎょっとしてようやく俺を見た。自然と彼のキーボードを打つ手が止まる。

「じゃあ、単純に俺の気晴《きば》らしに付き合ってください」

「……クソ、お前、面倒くせぇな」

十貴田は深いため息をともに「わかった」と言うと、俺に向けて手を振った。あっちに行けの仕草《しぐさ》だったが、俺の粘《ねば》り勝ちだ。


昼休みになると、十貴田に連れられて社内の食堂へと向かった。それぞれ定食をトレーにのせ、隅の席に面と向かって座る。

「お前はシナリオのことだけ考えてろ」

しばらく黙って食事をしていたが、十貴田はふいにそう言った。突き放すような言い草だったが、単に話したくないという意思表示に思えた。

「……言われなくても、シナリオのことしか考えてないですよ。それに、言ったじゃないですか、気晴らしだって」

求められているシナリオに俺が苦手意識を抱き、手をこまねいていることは、今さら見《み》栄《え》を張ったところで、十貴田に隠し通せることじゃない。十貴田もそれを理解しているからこそ、渋々ではあるが、こうして付き合ってくれているのだ。

「俺たちがしてることって、なんなんですか？」

俺は改めてそう尋ねた。十貴田はなにか考え込むように鋭い視線を泳がせたが、やがて

根負けしたのか、「つまんねぇ話をするぞ」と前置きをした。

「まず、今うちの会社には億単位の売り上げで会社を支えるゲームタイトルがいくつかあるが、その売り上げは永遠じゃねぇ。いずれユーザーは減って、全タイトルがクローズする日を迎《むか》える。もちろん新しいタイトルも仕込《しこ》んじゃいるが、今この業界はなにを出してもヒットしづらい時代に突入《とつにゅう》しているってのが前提だ」

スマートフォンが普及し、アプリゲームが流行り始めてから、早数年が経過している。なにを出しても新しかった数年前とは違い、似たようなゲームがひしめき合っている中では、ヒット作を狙《ねら》って生み出すことは難しい。

確かにランキングを見れば、何年も前に出たいくつものタイトルが、未だに上位を守っている。年間何百本も新しいゲームが発表されているはずだが、この状況はつまり、そういう〝打率〟の低さを示しているともいえる。

そしてどれもこれもグラフィックやゲーム性に優れ、有名なゲームクリエイターが名を連ね、人気声優を起用している。ユーザーを引き付けるために必要なことは、すべてやり尽くされているようにも思えた。

「次の一手が見えないって感じなんですかね」と呟くと、十貴田は「ああ」と低く唸った。

「大ヒットを狙って大作を作っているチームもある。だが、それだけじゃコケたときのリスクが大きいだろ。だからそれとはべつに、会社全体の売り上げを支えるコンテンツを作

らないといけない。それで、その地盤作りのひとつとして、目を付けたのが女性向けコンテンツ。ハイアクシスは新しいことに挑戦している、というアピールにも繋がるしな」

大ヒットタイトルで大きな売り上げを生むのも大事だ。しかしそれには時間がかかるし、なにもかもが狙い通りに売れるわけじゃない。それにアプリゲームはいくら作っても、リリースして運営しなければ売り上げはゼロだ。時間と費用をかけて超大作を作っても、売り上げが振るわず、元も取れなければ当然赤字で運営ができなくなり、そのゲームはクローズするしかなくなる。そんなことを繰り返していれば、会社の資金は減る一方だ。

大ヒットを打つために、まず小ヒットで売り上げの柱《はしら》を複数作り、地固《じがた》めをする。守りの姿勢《しせい》にも思えるが、失敗しても揺るがない会社にするべきというのは、これくらいの規模の会社ともなれば、わからない話ではなかった。

「俺たちはその先陣を切る役割なわけだが、これから俺らが作ろうとしている乙女ゲーってもんは、ヒットしても月の売り上げは総じてあまり高くない。ゲーム慣れした三、四十代の男性ユーザーと比べて、一般女性はゲームに課金《かきん》をしないからだ」

「駄目じゃないですか」

「まあ、一見な。でも難しいゲームを作るわけじゃねぇし、比較的開発コストが低くて、一本出せばガワ変え……つまり、ゲームシステムはそのまま、内容やイラストを変えただ

けの、似たようなゲームを量産できる」

「ちりつも作戦ですか？」と尋ねると、十貴田は首を横に振った。

「会社は女性向けコンテンツの専用スタジオを設立したい。とりあえず乙女ゲーで先陣を切って、いくつかタイトルをリリースして実績を作る。そのあとに、本当に作りたいのは人気ＩＰだ」

「ＩＰって？」

「Intellectual property——知的財産《ちてきざいさん》ってやつだ。漫画やアニメの著作物って言うとわかるか？　ゲーム以外でも売り物になる、自社のキャラクターやタイトルを作りたいんだよ」

「それって、十貴田組が作るゲームの売り上げと関係ないんじゃ……」

「ああ。それで、やっとオタク女子向けの話になる。ゲームへの課金は置いといて、女性向けコンテンツにおいてはＣＤやグッズがとにかく売れる。アニメのＤＶＤの売り上げランキングを見ると、上位を女性向けアニメが占めているのがいい例だ。アニメ化したり、グッズ化したりして、ゲーム以外のところで収益《しゅうえき》を出せるＩＰを作るのが、うちの会社の女性向けスタジオ設立の、近い将来の目的ってわけだ」

「つまりそれって」

「俺たちは期待されてないってことだ」

十貴田は、絶句した俺を真っ直ぐに見据えていた。十貴田が言った「つまらない話」とは、このことだと理解した。

確かに乙女ゲーをいくつかリリースすることにより、大きな売り上げはなくとも、そのジャンルに強いクリエイターがこの会社に興味を持つだろう。わざわざ売り上げの低い乙女ゲーを作るのは、将来的に売り上げが期待できるＩＰ作りのための足掛かりに過ぎないらしい。

期待されていない――会社は十貴田組に大きな売り上げを求めていないということだ。もちろんヒットするに越したことはない。けれど、実験的に作ればそれでいいと思われている。だから乙女ゲー作りの経験者もいない十貴田組に、会社はその仕事を任せたのだ――おかしいと思っていた。いくらなんでも、男のほうが多いチームで、乙女ゲーを作るだなんて。

「……俺たちは、会社に期待されてないゲームを作らなきゃいけないってことですか」

「そうだ。俺はお前らに、そういう仕事を強いてる」

十貴田の声は低かったが、それは威圧ではなく、ばつの悪い響きだ。それがピリッとするようないら立ちを孕《はら》んでいるのは、そういう仕事を、自分の部下にやらせなくてはいけないことへの怒りなのだとわかった。

会社の都合で予定が狂い、乙女ゲーを作らされるはめになったことに、十貴田は怒って

いたはずだ。けれど、俺はそれ以上の怒りの意味を勘ぐりもしなかったことが、少し恥ずかしかった。

「つまんねぇ話だって言っただろ」

十貴田は吐き捨て、冷めたおかずを口の中に入れた。ショックではないといったら嘘になる。気持ちのいい話じゃない。だから十貴田は、このことを俺に話す気がなかったのだ。

「ありすに、このことは……」

「ありすは派遣だ、余計な情報は与えなくていい。むやみに伝えて今のあいつのモチベーションを下げるべきじゃねぇ」

「……じゃあ、どうして俺には話してくれたんですか？」

自分たちが置かれた状況について聞けたのは、今の俺にはありがたい。しかし、確かにありすは派遣だが、俺だって出向に過ぎない。俺の問いに、十貴田はすげなく言う。

「しつけぇし、面倒くせぇし、うるせぇから」

「う……」

確かに、自分からしつこく強請《ねだ》っておいて、なんでもなにもない。急に申し訳なくなり、俺が「すみません」と言うと、十貴田はふんと鼻を鳴らす。

「それにお前、期待されてるかどうかで、力加減を調節できるような器用なタイプじゃね

えだろう」

　確かにその通りだ。自分の不器用さを見透かされていたことは癪だが、乙女ゲーのシナリオという初めての仕事に対して、手を抜いていられる余裕は俺にはなかった。

「あの、……それでも十貴田さんは、売り上げが欲しいんですよね」

　尋ねると、十貴田は視線を落とした。「そうだ」と、その低音が嚙《か》みしめるように告げる。ずしりと重たくなった空気が、俺の肩を押し潰してくるような気がした。

「どんなゲームを作ろうが、売り上げがなけりゃあ、駄目だ」

「………」

　そのあとは、当たり障《さわ》りのない仕事の話をしながら昼食を摂《と》ったが、会話が弾むはずもなかった。いつも通りの振る舞いを心掛けてはみたが、なんだかそれも空回《からまわ》りしてしまった気がする。俺の胸の内に、燻るものがあったせいだろう。

　会社に求められていなくても、十貴田は売り上げが欲しい。しかし彼は「だからおもしろいゲームを作ろう」とは一度も言わなかった。たぶんそのことがずっと心のどこかで引っかかっている。

　十貴田はゲームが好きで、ゲームを作りたくてゲームクリエイターになった人だ。だから俺は、きっと十貴田は、乙女ゲーだって、期待されていなくたって、おもしろいゲームを作ろうと言うに違いないと思い込んでいた。

十貴田のことが、わからない。

――どんなにおもしろかろうが、売り上げの出せねぇゲームはクソだ。

あの夜、一緒に並んでゲームをしたときの十貴田なら、きっとこんなことは言わなかった。だってゲームを愛しているほど、その愛が大きいほど、そんな気持ちでこの世界に足を踏み入れたはずがないからだ。

その日はなんだかすっきりしない気分のまま帰宅した。自室のデスクに向かい、シナリオの元になるプロットや設定だけでも練らなくてはとパソコンを開いたが、書いては消しを繰り返し時間ばかりが過ぎていく。

俺の手元には、四人のキャラクターのイラストがあった。本番用は外部のイラストレーターに依頼するが、俺がシナリオを書くにあたって、イメージしやすいようにと、ありすが描いてくれたものだ。

精悍《せいかん》な顔つきの硬派《こうは》な俳優は十貴田、憂いのある微笑をたたえた心優しいモデルは寿里、無邪気な笑顔の明るい同僚は巽をイメージして描かれていて、ありすの少女漫画っぽい線の細いタッチの中でも、特徴がよく表現されていた。それぞれトキタ、ジュリ、タツミと彼女の丸文字で仮名が書かれている。

もう一人は、ヒロインのイラストだ。セミロングの茶髪に、シンプルなワンピース姿。仮名には〝トリ子(笑)〟と書かれているが、彼女には顔がなかった。

このヒロインは地方でスタイリストとして働く、ごく普通の女性だ。ある日、上司の代わりに急遽都内の現場に向かうことになり、攻略対象のイケメンたちと遭遇《そうぐう》するところから、物語が始まっていく。仕事のトラブルを解決し、成功を収めていくことで物語を進め、カレとの関係を進展させていくのが、乙女ゲーのセオリーだ。

ヒロインのイラストを眺《なが》めながら、俺がヒロインになる——そんな言葉を思い出した。

もし本当に俺がヒロインだったなら、仕事がうまくいかないとき、どんなふうに慰《なぐさ》めて欲しいだろうと想像した。しかし紙の中のジュリもタツミも、「つらいなら辞めてもいい」とは決して言わない。

トキタは固く口を結《むす》んでいる。

その眼鏡の奥の鋭い眼光で、俺をただ見つめ返すだけだ。

「……く、口説いてください」

ふたりだけの静かなミーティングルームに、俺の震え声はいやに大きく響いた。冷静になって考えれば、異常なセリフだ。ぶつける相手が強面の上司ともなれば、なおさらだった。

昨夜俺が書いたプロットの紙束《かみたば》を片手に、十貴田はこめかみを押さえて俺を睨む。「なにかと思えば」と、ほとんどため息のように呟かれ、呆れられていると察した。

口説いてくれとお願いするために、わざわざ忙しい彼をミーティングルームに呼び出している。当然といえば当然だった。

「なんていうか、その、十貴田さんのことがあんまりわからなくて……」

寿里と巽は俺の面倒をよく見てくれている。ランチはもちろん、夜に何度か飲みにも行ったし、気軽に相談を持ち掛けられる程度には親しくなった。そのぶん、モデルのジュリと、同僚のタツミのキャラは俺の脳内でよく動く。キャラが動くと、物語の全体像が見えてくる気がした。しかし、俳優のトキタはてんで駄目だ。

トキタはその名の通り十貴田をイメージした、硬派で優秀で、人を寄せ付けないツンとした態度のいい男だ。しかしいくら考えてもその本性は見えてこず、キャラの方向性が定まらない。ありすが描いてくれたトキタのイラストと、睨めっこしながらする妄想の中でだって、彼は無愛想《ぶあいそう》な態度を貫《つらぬ》いていた。

乙女ゲーにおける攻略キャラのセンターは、王子様系のジュリと思いきや、トキタだとありすに言われた。乙女ゲーでもっとも人気が出るのは、現実にはそういない、刺激的《しげきてき》なドSのツンデレキャラと相場が決まっているとのことだった。

つまり、今回のゲームはトキタのストーリーが絶対に外せない主軸になる。トキタが書

けなければ、話にならないのだ。

「もっと十貴田さんのことを知りたいっていうか」

「おい、おぞましい言い方すんな」

「いや、すいません。とにかくですね、キャラのイメージが……こう、膨《ふく》らまなくて」

俺が知っている十貴田の断片《だんぺん》は、どこか形がちぐはぐしていて、パズルのようにうまくはまることはなかった。そのピースの凹凸《おうとつ》がぴったりはまる、なにかきっかけだけでも見つかれば、トキタというキャラを掴む突破口になるような気がしている。

そのきっかけが欲しくて、口説いて欲しい――つまりは、十貴田がいったいどんな男なのか、その本性を知りたいのだ。けれど――。

「……もっとマシなもんを出せたらな」

十貴田はそう言って、紙束をテーブルの上に投げる。ある程度覚悟はしていたが、やはりしっくりこないまま書き上げたプロットが、十貴田の目に留まるはずもなかった。

「マシなものを書くために口説いて欲しいんですよ！」

粘ってみたが、「価値がなきゃ口説かねぇよ」と十貴田はすげなく言った。

「お前、頭も性格も悪くて、いいところなしのブスを口説いてモノにしようって思ったことあるか」

「は、はあ……？　なんですか、突然。あるわけないじゃないですか」

「俺ン中では、お前ってまだそういうブスなんだよ」

「ブ、ブス……！」

突拍子《とっぴょうし》のないたとあえに混乱《こんらん》している中、はっきりとブスと言われて顔が引きつった。自分の顔が特別いいとは思っていなかったが、ブサイク呼ばわりされるほどではないという自負があったので、突如投げつけられたその暴言《ぼうげん》に対する免疫《めんえき》がなかった。

それに、これでもシナリオと向き合っている間は、ヒロインになりきろうと必死だ。俺の中にわずかに芽生えつつあった乙女心のようなものが、完全に委縮《いしゅく》した。

「これでも一生懸命やってるんですよ、言い方ってもんが……！」

「ユーザーは運営側の努力なんか知らねぇんだよ、クソボケ」

「……！」

「口説くだけの魅力がねぇって言ってんだ。お前どうせシナリオしかねぇんだろう？　だったらシナリオで俺をその気にさせろ」

「うぐ……っ」

それはつまり、才能の片鱗《へんりん》を見せろということだ。少しでもこの十貴田におもしろいと思わせるものが書けなければ、口説いてもらえない。それどころか、ぐずぐずしていたらクビを切られかねないのでは、という恐ろしい考えが脳裏をよぎる。

「おい、鳥々弟。お前、死ぬ気で女口説いたことあるか？」

「え……」

そう尋ねられてぎくりとしたのは、俺の人生においてそんな経験がないからだった。色恋沙汰《いろこいざた》に疎《うと》いという自覚はある。中学生のときに、ほんの少しの間だけ付き合った同級生の女の子がいたけれど、もうどんな子だったかも思い出せない。さほど熱心に彼女を想っていなかったせいだろう。

異性に興味がないわけではなかったが、それよりも小説を書くことが忙しかったし、オタクで人見知りの性格が災いしてか、それ以降もこれといって色っぽい出来事はなにもなかった。

かといって、口説くのにいきなりキスを迫るような男相手に、素直に「実はなにも経験がなくて」とは、恥ずかしくて言えそうにない。

「……っと、十貴田さんはあるんですか？」

「……お前よりはな」

十貴田は呆れ顔でそう言うと、すべてを察してか俺を鼻で笑った。カッとなりやすい性分だが、この手の話となると俺に反撃の手はない。

「プロなんだろ。根性《こんじょう》見せろよ、ブス」

十貴田はそう言い捨てると、俺を置いてミーティングルームを出ていく。俺はプロットの紙束を集めながら、ため息を吐いた。寝る間を惜《お》しんで書いたって、駄目なものは駄目

なのだ。

「なあ、俺ってブス？」

デスクに戻り尋ねると、巽はスマホを弄《いじ》りながら「なになに、口裂《くちさけ》け女の話？　ウケんね」と興味なさそうに言い、寿里は「まあ、僕よりはブスかな」と真顔で言った。

「もお～～っ、寿里さん～～っ！」

「あはは、うそうそ、かわいいかわいい」

寿里に髪の毛を掻き回されてじゃれつくと、沈んだ気分は少し紛れた。だけど根本的な問題を解決しなければいけないということくらい、俺にだってわかっていた。

十貴田は俺を、口説く価値のないブスだと言った。べつに俺は女じゃないのに、そのことがめちゃくちゃに悔しかった。

俺のスマホには、研究用にインストールした他社の人気乙女ゲーのアイコンがいくつか並んでいる。どれを開いても主人公の女の子はいい子で、頑張り屋でかわいかった。もし俺がこんな女の子だったなら、十貴田は簡単に俺を口説いてくれただろうか。そんなふうに考えたら、女の子はずるくて、卑怯だと思った。

そういえば、俺を価値のない客寄せパンダだと言っておきながら、どうしてあの夜の十貴田は、あんなふうに俺に迫ったりしたのだろう。たまたま興が乗っただけの気まぐれだろうか。もし俺に本当の価値があったなら、もし俺が女だったなら――もしもあれが〝ご

っこ〟ではなかったら、本当にキスをしていたのだろうか。

――なんて、仕事上悪いことではないと思いつつも、自分の発想が少々いき過ぎているような気がして自嘲《じちょう》した。

ふと視線を外すと、ありすはデスクに齧りついて背中を丸めている。ゲームに使う画像素材のラフを作っているのだと言っていた。彼女の傍らには、資料用のファッション誌が山ほど積まれている。案を出すたびに十貴田と寿里との三人で会議をしているのを知っていた。

ありすは頑張っている。その頑張りがどれくらい大変で、どれくらい時間と労力がかかるのか、ジャンルは違えど、同じクリエイターとして理解できるつもりだ。

焦ってどうにかなるものじゃない。だけどありすの歩みの速さに、置いていかれる不安は常にあった。


「あはは、それでブスって言われたわけ？　マジウケんだけど」

巽はコーヒーの紙カップを片手に、そう言って軽快に笑った。

気分転換にとカフェスペースに誘われたので、プロットがてんで駄目だったことを含

め、今日の出来事を彼に相談したのだ。

ここまで気持ちよく笑い飛ばしてくれる相手も珍しい。巽に大口を開けて笑われると、自分の悩みがちっぽけなものだったような錯覚《さっかく》に陥《おちい》るから不思議だ。

「でもまぁ、そりゃあそうだよねぇ。俺なんて、めっちゃくちゃドストライクな女の子じゃないと、わざわざ口説こうなんて思わないかも」

「そうなんだ?」

「だって面倒くさいじゃない。ご飯誘って、ご機嫌窺って、努力したって百パー落とせるってわけでもないし。もうそんなことに時間割くくらいなら、いっそ家でひとりで寝てたいなって」

コーヒーを飲み干すと、「いこうか」と巽が言う。オフィスは禁煙だ。俺も巽も非喫煙者《ひきつえんしゃ》で煙草休憩を挟《はさ》まないぶん、こんなカフェタイムを許されてはいるが、あまり長引くとさぼっていると思われてしまう。

空になった紙カップを持って給湯室《きゅうとうしつ》へと向かったのは、内観の雰囲気を損《そこ》なわないよう、カフェスペースにはゴミ箱を置かないという設計のためだ。面倒だなと思いはしたが、紙カップの溢《あふ》れたゴミ箱があっては、デザイナーの努力も台無しだというのも理解できる。

「巽は、俗にいう草食系男子ってやつか」

たぶん俺もその類なので、彼が仲間だと思うと安心した。

十貴田はいきなりキスを迫るくらいだ、肉食系に違いない。寿里はどうだろうかと一瞬考えたが、あの美貌の彼をわざわざ系統で分別するのも馬鹿らしい。口説く間もなく、女性のほうから寄ってくるに違いない。

「ロールキャベツ系男子かもよ？」

「ロールキャベツ？」

給湯室の明かりをつけ、ゴミ箱にカップを投げ入れる。背後の巽にそう言われ、どういう意味だったかなと記憶を漁《あさ》った。見た目は草食だが、中身は実は肉食――それってつまり、どんな男のことだっけ。

「俺って安パイに見えるでしょ？　でもね、実は中に狼《おおかみ》を飼ってるの」

巽の声が、いつもより低く響いた。思わず「えっ」と声を上げてしまったのは、身長差が十センチもあるにもかかわらず、その声が俺の耳の真後ろ、すぐ近くから聞こえたからだ。

「――っ」

振り返るよりも前に、身動きが取れなくなった。背後から回ってきた長い腕に、俺の身体は包み込むみたいに抱きしめられていた。背中に巽の胸、首筋に、甘えるみたいに彼の鼻先が押し付けられたのがわかった。ドッと汗が噴き出る。

「ねぇ、英二。こうされると、逃げられないでしょ？」

そう囁《ささや》かれて、熱い息が首にかかった。ざわ、と肌が粟立《あわだ》ち、足がすくむ。いつもの明るく能天気な巽とは違う、甘くくすぐるような声。そして彼の言う通り、体格差と、突然のことに気が動転して、その腕を振りほどくことができない。

「たつ――」

「英二、このままふたりで、さぼっちゃおうか」

「え、え……っ？」

投げかけられる言葉の意味が汲《く》み取れずに混乱していると、ひときわ強く抱きしめられ、息が止まった。彼の唇が俺の耳にわずかに触れ、「ひゃ」と短い悲鳴が喉《のど》の奥で上がる――すると、甘い声は「フフッ」と堪えるような笑い声に変わった。

「どう？　ドキッとした？」

「…………っ！」

「耳赤いよ？」

おどけた声色でそう言われ、やっとこれが俺を口説くための冗談だったと理解した。力いっぱい巽の腕を押すと、簡単に解放される。

「おま、お前っ！　おまえ～～っ！」

驚きのあまり、言葉がうまく出てこない。悔しくてバシバシと巽の身体を叩いたが、彼

は「あはは！」とおかしそうに笑うだけだ。

「ねえ、英二。こうやって俺が英二を口説くのは、英二に価値があるからだよ」

「どんな？」と尋ねると、巽はニッと白い歯を見せた。

「仕事だし、あとなんかおもしろいから？」

彼なりに俺を慰めているつもりなのだろうが、わかりづらくてツッコミができなかった。

トイレに寄ると言って巽と別れ、俺はそのまま給湯室の隅にしゃがみ、頭を抱えた。まさか巽にあんなことをされるなんて思っていなかった。

巽の身体の逞しさは今さらだ、毎日見上げていてよく知っている。だから本当に驚いたのは、ロールキャベツという言葉の示す通り、普段突き抜けて能天気でいい加減に見える彼の、その二面性だ。怖いくらいに甘く、ドロドロにとろかすような声に、ドキッとした——かどうかはべつにしても、度肝《どぎも》を抜かれたのは確かだ。

それに、女の子を口説くのは面倒くさいと言いながら、これが天然でやったことではないことくらい俺にもわかる——悔しい。草食仲間だと思っていたのに、裏切られた気分だ。同じ年月しか生きていないのに、俺にこんな技はない。

巽はこういう手管で、女性を口説いたことがあるのだ。二十四歳だ、巽もあれで見た目はいいし、友達も多いだろう。それくらいの経験があって当然だ。

当然なのに、俺はなんだか惨《みじ》めだった。そういう同い年の男たちが、当然みたいに経験していることを、俺は知らない。今までそれでいいと思っていたし、別段気にしたこともなかったのに、どうしてか、自分は欠陥《けっかん》のある人間なのではないかという不安さえ浮かんだ。

俺は恋をしてこなかった。そのことに初めて胸が痛んだ。乙女ゲーのシナリオなんてものことを四六時中考えているせいか、そんなことがコンプレックスになり始めているのかもしれない。

巽の笑い声に励まされたはずだったが、自分自身のことを振り返って気分が沈んだ。一度大きく深呼吸をしてから、俺はようやく立ち上がる。切り替えなくては、と自分に言い聞かせる。今は自分のことよりも、シナリオのことだ。

「――十貴田、今は辛抱《しんぼう》してくれ」

給湯室を出てデスクに戻る途中、そんな話し声が聞こえ、思わず立ち止まったのは、喫煙ルームの前だった。

十貴田、と聞こえて素通りできず、ガラスドアの向こうを覗き込むと、十貴田ともうひとり――ノリのきいたシャツの男には見覚えがあった。この会社に来た初日、俺を案内してくれた瀧浪敦士だ。人のよさそうな顔つきの瀧浪だったが、今はその表情を強張らせている。

「とにかく今の仕事さえ、滞りなくこなしてくれれば、Ａスタジオにお前を引っ張ってやれる」

瀧浪のいるＡスタジオに、十貴田を引っ張る――ゲーム事業部はいくつかのスタジオで構成されている。Ａスタジオといえば、ハイアクシスの中でも特に売り上げの大きいゲームタイトルを扱っているスタジオだ。瀧浪がそこのエースプランナーで、巨大チームのプロデューサーとして、大作ＲＰＧを仕込んでいる最中だということは、最近知ったことだった。

そして、十貴田組が配置されているＢスタジオが、試験的な仕事や小さなタイトルを請け負う場所――巽のような新卒の育成の場でもあるが、それ以外にも、問題のある人材が多く追いやられる、立場の低い場所だということも。

「余計な世話だ。いくらお前の言うことでも、適当に〝こなす〟だけで、上が納得するかよ」

瀧浪の説得にそう返した十貴田の声には、いら立ちと焦りが色濃く滲んでいた。煙草を灰皿に押し付ける仕草にも、乱暴さが垣間《かいま》見える。

「冗談じゃねぇ。きっちり売り上げ作って、そっちに乗り込んでやるよ」

紫煙《しえん》とともに吐き捨てられた十貴田のその言葉に、俺ははっとした。

十貴田は立場の低いＢスタジオから、大型タイトルを扱えるＡスタジオに異動すること

を望んでいる。ゲームを作りたくてこの会社に入社した社員の、そのほとんどが望むことでもあるだろう。けれど誰しもが配属できるわけじゃない。そのためには、経歴や、実力が必要だ。

だから十貴田は会社からの評価が欲しい。それは、ファンタジーRPGの企画を失い、乙女ゲーを押し付けられた今もだ。だから口にするのだ、一番わかりやすい上からの評価の形――売り上げのことばかりを――。

ドアを乱暴に開け、喫煙ルームから出てきた十貴田は、俺と目が合うと一瞬だけ動揺の色を見せた。

「お前、今の聞いて――」

「売り上げって、……そんなに大事ですか」

そう尋ねてしまったのは、ほとんど脊髄反射《せきずいはんしゃ》のようなものだった。喧嘩っ早い自分の口を、はっとして両手で塞《ふさ》いだが、もう遅い。

十貴田は一瞬言葉に詰まったようだったが、眉間に深い皺を寄せて言う。

「……お前馬鹿か？　俺たちの仕事はボランティアじゃねぇぞ」

「それは、そうなんですけど……」

売り上げは大事だ。そんなことは当たり前だった。

わかっているけど、俺は悲しかった。今俺が必死で考えている乙女ゲーのシナリオは、

どんなにいいものを書けたところで、十貴田にとっては、売り上げを出す——そのための道具にしかすぎないのだ。そう突き付けられた気がしたからだ。

「文句があるなら、売れるシナリオ持ってきてからにしろ」

「書けません」

「なに？」

十貴田のこめかみが引きつった。

こんなことを口に出してはいけないと、頭では理解していた。仕事相手と何度も喧嘩した過去が脳裏に蘇って、今度ばかりは我慢しろって、耐えろって——だけど理性が制止するよりも早く、湧き上がった言葉が口からこぼれてしまう。

口を塞いだって駄目だ、我慢がきかない。たぶんそれくらいに、今の俺は頭にきているのだ。自分が書いたシナリオに赤を入れられ、これでは駄目だと否定されることの、その何倍も——。

「馬鹿にしないでください……っ！」

「なに……？」

「俺は、十貴田さんの評価のために、シナリオを書いてるんじゃない！」

瞬間、十貴田に胸倉を掴まれ、足元が一瞬浮いた。ドッと壁に押し付けられた背中の痛みは、さして気にならなかった。唇が近づいたあの瞬間のように間近に迫った顔が、今は

激昂して俺を睨んでいる。十貴田のその表情のほうが、よっぽど首を絞められているように見えたからだ。

「馬鹿言ってんじゃねぇぞ、鳥々弟。評価云々《うんぬん》はこっちの話だ、てめぇには関係ねぇ！　プロだろ、黙って売れるもんを書くのがてめぇの仕事だ！」

十貴田がAスタジオに異動するために、俺は毎日頭を悩ませながらシナリオを書いているんじゃない。寿里と巽は十貴田を信じ、ついていくかもしれない。だけど俺は違うと思った。

プロなんだから、仕事なんだから――正論だがその言葉には温度がない。おもしろいものを作ろうという、俺が当たり前だと思っていた情熱が抜け落ちている。

今の仕事に割いた時間や努力を、なによりもいいものを書きたいという気持ちを、馬鹿にされたような気分だった。こんなにやるせない気持ちを抱えたまま仕事をこなせるほど、俺は器用じゃない。

「十貴田さん、それ本気で言ってるんですか……っ」

ぐっと掴まれた胸倉に力を込められ、息が苦しい。十貴田の平たい額に血管が浮き、「てめぇ」と凄まれたが、どうしてか強気でいられた。

プロデューサーだからって、そんな身勝手で部下を使っていいはずがない。怖くて、不機嫌で、だけど酔っ払いの部下を放っておけず、会社に期待をされていないゲームを作ら

なくてはいけない——それを自分の部下に強いなくてはいけない現実に、怒った十貴田。不器用だけど、不器用なりに仲間想いの、それが寿里たちが信じる十貴田のはずだ。

「あんた偽物《にせもの》だよ……！」

「ああ？」

俺は、俺だけが、みんなが信じる本当の十貴田の姿を知らないのだと思った。本当の十貴田は、この偽物の皮を剝いだ、その向こう側にいる。

「あんたがそんなだから、恋の話なんか書けないんだ……っ！」

だからありすが描いてくれた紙の中の〝トキタ〟は、決して口をきいてくれない。どんなに悩んで考えたって、俺の頭の中のヒロインと〝トキタ〟の関係は始まらないのだ。

この十貴田は偽物だ——俺はこんな男とは恋をしたくない。だから俺を惑わし、邪魔《じゃま》をしないで欲しかった。俺が恋をしたいと思ったのは、あの夜の十貴田だ。近づきたいと思った背中、渋谷の明るすぎる夜に溶けるバリトン。まるでずっと友達だったみたいにゲームをして過ごした短い時間。キスをされるコンマ一秒の距離に、ときめいた——あの夜の十貴田なのだ。

そのとき、喫煙ルームを飛び出してきた瀧浪が、慌てて駆け寄ってきた。「やめろ」と、力んだ十貴田の腕を掴んで制止する。

「十貴田！　手を離せ……！　問題を、起こすな……！」

「……ッ！」

十貴田に言い聞かせるように、瀧浪はゆっくりと言葉を区切る。すると、十貴田は小さく舌打ちをして俺の胸倉を離し、なにも言わずに背を向け去っていった。オフィスフロアのほうには向かわなかった。荒れた気持ちでは、仕事にならないと思ったからだろう。

十貴田の姿が見えなくなると、緊張が解け、急に膝《ひざ》に力が入らなくなった。十貴田の迫力は凄まじかった。今までにしたどんな喧嘩よりも冷汗をかいていたことに、今になってようやく気づいた。

その場にしゃがみこんだ俺の肩を、瀧浪が支えて、起こしてくれる。目が合うと、俺の顔に見覚えがあったらしい、彼ははっとした表情になった。

「きみは、鳥々……」

「英二です」

「そうだ、英二さん」

「……瀧浪さん、こないだはありがとうございました。ずっと言いそびれてたから……」

「そんなことはいいよ、大丈夫？　立てる？」

瀧浪は社内の有名人だ。俺がこの会社に出向して、まだ数日にもかかわらず、瀧浪の噂《うわさ》はいくらでも耳に入ってきた。男女問わず慕われ、上司からの信頼も厚いと評判で、悪い話はひとつもなかった。そして、

「……あの、聞きました。瀧浪さんは、十貴田さんのライバルだって……」

俺はそう言いながら、壁伝いになんとか立ち上がった。瀧浪は一瞬口を噤む。瀧浪も十貴田と同じ二十八歳、それも十貴田と同日に中途入社してきた同期だそうだ。

俺は周囲から、瀧浪と十貴田がライバルだと聞かされていた。喫煙ルームでふたりきりで話をするほど、親しいとは知らなかった。それも、瀧浪が十貴田をAスタジオに異動できるよう、口利きを申し出るほど。

「ライバルだなんて、そんな……、そんなのは、違うんだよ」

瀧浪はしばしの沈黙《ちんもく》のあと、震える声でそう言った。項垂れ、自嘲するように短く笑い、「参ったな」と呟く。

「英二さん、少しいいかな。その、……話を聞いていたろう」

先ほどの十貴田との会話は、あまり広く知られて欲しくない内容だということは想像がつく。俺は促《うなが》されるまま、普段入らない喫煙ルームに入った。換気扇の音だけがごうごうと鳴る、苦い匂いが染みついた部屋だった。

瀧浪は一言俺に断ってから、煙草に火をつける。俺は煙草のことはわからないが、瀧浪からは十貴田とは違う匂いがした。

「英二さん、十貴田組は……、十貴田はどう？　やっていけそう？」

瀧浪は細長く紫煙を吐き、一息つくとそう切り出した。俺が口を噤むのを見るや、小さ

く「ごめん」と苦笑する。瀧浪は言葉を選ぶような間をとったあと、やがて口を開いた。

「……十貴田は優秀だよ、俺はあいつと一緒にゲームを作りたいと思ってる」

十貴田はAスタジオに異動したい――そして瀧浪もまた、十貴田を自分たちのスタジオに呼び寄せたいらしい。

「俺と十貴田がライバルだなんて、違うんだ。上層部が勝手に言っているだけにすぎない。同期で同い年で、競わせれば成長するだろうって……。でも誰も十貴田にはかなわないよ。そんなことはみんなわかっているはずなんだ」

「でも、瀧浪さんは有名ですよ、すごくいいプロデューサーだって……」

「俺は今、運よくAスタジオでチームを持たせてもらっているけど、それはメンバーに支えられて、協力しあってやっとだ。俺自体はたいしたクリエイターじゃないんだよ」

瀧浪のそれが、事実なのか謙遜なのかはわからない。けれどそういう姿勢こそが、一緒に働くメンバーたちを惹きつけていることは明らかなように思う。

「アートディレクターの佐和寿里って、きみらのチームにいるだろ、すごいイケメンの。彼も優秀だから、自分のチームを作るときに声をかけたんだ。だけど、十貴田についていくって、振られちゃったよ。きっと彼も俺と同じ気持ちで、十貴田とゲームが作りたいんじゃないかな」

「そうなんですか……？　どうしてそこまで……」

「それくらい十貴田はすごいんだよ。仕事が早くて正確で、判断力があって、自力でどんどん事を進めていけるドライブ力を持ってる。その上、同年代では群を抜いてゲーム好きで、プランナーの俺でさえ驚くような企画をバンバン持ってくるんだ。隣で見てると、そのスピードに圧倒されるよ。一生追い付けないし、かなわないと思った。ゲームを作るためにこの会社にきて、あんな男と出会ってしまったら、一緒に作ってみたいって思わずにはいられないよ」

そう語った瀧浪の声はわずかに上ずっていた。十貴田と出会い、十貴田の仕事ぶりを間近に感じた瀧浪の、感動と挫折がないまぜになった、その当時の興奮《こうふん》が呼び起されたのだと思った。

そして今でこそ温和な大人の姿をしているが、ゲームをする側だった彼の少年時代も、うすぼんやりとだが想像できる気がした。瀧浪もゲームが好きでクリエイターになったのだ。そうでなければ、きっと十貴田のことも、なんとも思わなかっただろう。

「だけど十貴田は、まあ、ああだろう？　周囲に理解されづらい性格のせいで、孤立しがちだ。上にも平気で逆らって暴言も吐くしね」

「あの、今回十貴田組が乙女ゲーを作らなきゃいけなくなったのって……」

「そうだね。十貴田に対して、普段の行いを反省しろって意味もあると思う。上層部は現場のことには少々疎いからね。十貴田をＢスタジオに配置する馬鹿馬鹿しさを本当の意味

で理解していないよ」

能力があっても、人に好かれず理解されづらい性格の十貴田は、ときとして周囲の反発を呼ぶだろう。会社は、そういう十貴田のことを押さえつけたいのだ。押さえつけるあまりに、会社に有益《ゆうえき》であるはずの十貴田の能力も、同時に抑制せざるを得ない状況に陥っている。

瀧浪は灰皿に煙草を押し付ける。彼の表情が、心なしか引き締まったように見えた。そして俺を見据えた彼の目には、強い意志が宿っている。

「十貴田の能力は、大きいプロジェクトでこそ発揮できると俺は思う。そしてああいう性格の十貴田のフォローをできるのは、俺だけだ」

「………」

瀧浪のあまりの歯切れのよさに、俺は息を呑んだ。彼はさらに続ける。

「十貴田が最大限の力を発揮してゲームを作れるよう、上に計らい、チーム全体をまとめてマネージメントできるのは、俺だけなんだ。俺は十貴田のために、十貴田のチームを作りたい。そうしたらきっと、ものすごくおもしろいゲームが作れると思うから」

瀧浪が優秀だと語る十貴田は、目の前でおもしろいゲームを作ることに妥協《だきょう》しない厳しさと、正確さ、速さを持つ孤独《こどく》なカリスマ。対して瀧浪の優秀さは、自ら率先《そっせん》してゲーム作りに従事するのではなく、人をまとめ、チームを動かし、十貴田にはできない政治をこ

なすリーダーとしての高い能力だ。

ゲームはひとりでは作れないが、いいゲームを作るのには最高のクリエイターが必要だ。瀧浪の言う通り、真反対の性質を持った十貴田と瀧浪でチームを作ることができれば、きっといいゲームが作れる。少なくとも瀧浪にはそういう確固たる自信があるのだ。

しかし瀧浪は肩をすくめ、「まあ、今の十貴田じゃ、難しいんだけど」と眉尻を下げる。

「十貴田は口が悪いところもあるけど、悪いやつじゃないんだ。今は少し気が立っているというか、……その、いろいろとね。嫌わないでやってくれよ」

「……俺、十貴田さんのこと好きですよ」

自分でも驚くほどするりと、そんな言葉が漏れてはっとした。瀧浪が目を丸くしたので、言い訳をするみたいに早口で「だってあの人、めちゃくちゃゲーム好きじゃないですか」と続けた。

「十貴田さんは、すごくゲームが好きで、すごくゲームを作りたいんですよ。だから、その……」

「……そうだね。俺も好きだよ」

俺の拙い言葉の中から、言いたいことを汲み取ってくれたのだろう。瀧浪は優しい声で、そんなふうに相槌《あいづち》を打った。

ゲームが好きで、ゲームを作りたい。俺は初めて十貴田とゲームをしたときに、思った

のだ。十貴田は怖いけれど、そういう気持ちの塊のような人でよかったと。ゲームが大好きな人の下なら、きっと頑張れるだろうって。

「……英二さん、売り上げは大事だよ。だって仕事だからね」

俺の十貴田に対する発言は、瀧浪の耳に入っていたらしい。「す、すいません」と慌てて謝ると、「ううん、違うんだ。わかってる」と、瀧浪は噛みしめるように言った。

「売り上げは大事だ、それはわかってる。だけど、ゲームを作る人間として、それよりももっと大事なことがあるよね。英二さんが、十貴田に聞いたのはそういうことだよね？」

「……あの、俺……」

眩しいものを見るみたいに、彼は目を細めて俺を見つめる。声を出したら、喉の奥がぎゅうっと熱く、痛くなった。

売り上げは大事だ。だけど、もっと大事なことがある。

「そうです、俺……っ」

大きく息を吸って、言葉を吐き出す。それと同時に視界が潤《うる》んで、堪える間もなく涙が溢れた。

俺は十貴田に、ただ言って欲しかったのだ。

乙女ゲーはわからないことが多い、売り上げもさほど大きくないかもしれない。会社にも期待されていない。それでも、自分たちが納得できるくらい、いいゲームを——おもし

ろいゲームを作ろうって。そのために、みんなで力を合わせて頑張ろうって。俺はそれを、十貴田の口から聞きたかったのだ。

俺は十貴田の評価や、異動や、売り上げのためにシナリオを書いているわけじゃない。ましてや、自分のキャリアや給与のためでもない。

頭を悩ませ、文章を書いている間は、ただただ、おもしろい物語にするために書いているのだ。誰にも負けない、世界で一番おもしろい話にしたいって。だから、俺と十貴田は向いている方向が、見ている夢が違うのだと思ったら、今自分がしていることに急に自信がなくなってしまった。

俺は十貴田を上司として、チームのリーダーとして尊敬したかった。十貴田組のみんなが慕い、信じる十貴田を、俺も同じように慕い、信じるようになりたかった。そうやって十貴田組の一員になっていくのだとばかり思っていたのだ。

「俺はただ、十貴田さんのことを、好きでいたいんです……っ」

頑張り続けるために、いいシナリオを書くために。躓《つまず》いても踏ん張れるように、いつか疲れ果てても、心がこと切れてしまわないように——十貴田のことを好きでいたい。

俺が一員だと認められたいと思った『十貴田組』は、これではないはずだ。あの夜、確かに見たのだ。みんな一見バラバラで、それでも確かに繋がっている。そういう見えない絆の輪郭《りんかく》が。

いつも孤独に戦っていた俺には、それが眩しくて、羨ましくて、仕方がなかった。それがあるから、生まれ変わる覚悟を決められたのだ。十貴田組の一員になれるなら、ひとりじゃないなら、きっと頑張れるって。だけど、もう――。

「英二くん……っ？」

そのとき、喫煙ルームの扉が開けられ、寿里が入ってきた。俺が泣き顔を隠そうとするよりも早く、駆け寄ってきた寿里に抱きしめられ、あやすように背中を撫でられる。

「帰ってくるの遅かったから……、十貴田も帰ってこないし」

寿里は俺を捜しにきてくれたらしい。俺は、俺よりもほんの少しだけ背の低い寿里の肩に頭をのせ、「すいません」と呟き、鼻をすすった。

「ごめん、佐和さん。泣かせるつもりは」

「いえ、わかってます。追い詰めてしまったのは、僕らだから」

寿里は瀧浪と二言三言交わすと、俺を連れて喫煙ルームを出る。ぐずぐずになった俺の顔を真正面から確かめると、彼は「戻ろうか」と小さく言った。

「すいません……、なんか俺、疲れてたみたいで。瀧浪さんは、なにも」

いくら年上の寿里にでも、泣いているところを見られたのは恥ずかしい。なんとか取り繕おうとした俺の目を見つめて、寿里は「うん」と静かに相槌を打つ。もう謝らなくてもいいし、誤魔化《ごまか》さなくてもいいと言われている気がした。

「十貴田さんが……っ」

「うん……、十貴田が、ごめんね」

追い詰めてしまった――寿里がそう言ったのを聞いて、初めて自分が追い詰められていたのだと知った。

慣れない職場で、慣れない仕事ながら、それでもなんとか食らいついていこうと必死だった。一刻も早く十貴田に認められるものを書いて、前を行くありすに追いつき、肩を並べなくてはと思っていた。

だけど、張り詰めていたその糸が切れてしまったのだ。今の十貴田は、決して俺のことを見てくれない。そう知って、俺はいったいなんのために走っているのか、どこに向かって走っているのか、そういうものが全部うやむやになってしまった。

「俺、なんていうか、結構頑張ってたのかもしれないです……っ」

思ったことをそのまま口にしたら、涙がまた溢れてきた。寿里は「知ってるよ」とよく通る綺麗な声で言った。俺はうう、と唸り声を上げて、その場にしゃがみこむ。顔を覆って、口を塞いだ。そうでもしなければ、大声を上げてしまいそうだった。

頑張っている間は、それなりに楽しんでもいた。だけど頑張っていたと気づいたとき、その頑張りに意味を見いだせなくなったとき、その苦しさがいっぺんに襲《おそ》ってくる。

俺はずっと、いつか十貴田を信じられるようになると思っていた。だけど、今はとにか

くその気持ちに自信がない。

「ねぇ、英二くん。今日の夜、空いてる？」

頭の上に、寿里の声がぽつりと降ってきた。

「十貴田のこと、話すよ……」

楽しい話ではないということくらいは、俺にも想像がつく。だけどこのままでは俺が走り出せないのを、寿里は知っている――いや、心のどこかで、きっとこうなることがわかっていたのだと思った。

その日の仕事を終えたあと、寿里とふたりでオフィスを出た。いつもの居酒屋に行くのかと思いきや、寿里はべつの店を手配してくれていた。美貌の寿里にはよく似合うが、パーカー姿の幼《おさな》い俺には腰が引けるような、こじゃれたダイニングバーだった。

個室に案内され、向かい合って椅子に座った。薄暗いオレンジの照明の中で、寿里のまつ毛がキラキラと光って見えた。シャンパングラスが運ばれ、寿里が選んだ料理がテーブルに並ぶたびに緊張感が増す。

「うちの会社のゲーム事業部の中でも、瀧浪さんがいるＡスタジオが稼ぎ頭なのは知ってるね」

寿里はそう言って一度落とした視線を、ゆっくりと上げ、俺を見つめる。

「十貴田は一度、Ａスタジオで失敗したんだ」

神妙な面持ちの寿里は、そんな前置きのあとに本題を切り出した。

二時間後、寿里と店を出ると、暗い空からはパラパラと雨が降り始めていた。タクシーに乗ると言った寿里とはその場で別れた。俺の自宅はタクシーで帰れるほど近くはないし、幸い店とオフィスの距離は近いので、オフィスに置きっぱなしにしていた傘を取りに戻ろうと思ったからだ。

空模様とは打って変わって、俺の気持ちはいくらか晴れやかだった。

寿里は包み隠さずすべての出来事を俺に話してくれた。やるせない話ではあったが、聞きたくなかったとは思わなかった。足取りが軽いのも、きっと寿里のおかげだ。雨足がどんどん強くなっていく中、俺は小走りでオフィスビルに向かった。

「…………っ」

ビルの前にたどり着くと、ガラス張りのエントランスに、十貴田の姿を見つけてどきりとした。俺が思わず来た道を引き返し、十貴田から見えないよう、塀《へい》に身を隠したのは、十貴田がひとりではなかったからだ。

そっと覗き見ると、十貴田はひとりの女性と向かい合って話していた。二十代半《なか》ばくら

いの、遠目にだが、なかなか綺麗な人だとわかった。セミロングの茶髪、華奢な手足、シンプルな水色のワンピース。まるでありすが描いてくれた、乙女ゲーのヒロインのような風貌だった。

ふたりの表情は決して明るくなかった。話の内容までは聞こえなかったが、彼女はなにかを十貴田に訴え——やがて、十貴田の胸に縋るように身を寄せた。

十貴田はそれを拒まなかった。それどころか、十貴田の手が彼女のうなじに回り、慰めるように引き寄せたのがわかった。

十貴田の部屋にあった女の影を思い出した。化粧落とし、花柄のタオル、物の少ない部屋。そして——死ぬ気で女口説いたことあるか——と、十貴田が俺に投げかけた、なにげない問いも。

心臓が、ずきりと痛んだ。

彼女が〝そう〟なのかもしれない。

そう思ったら、どうしてか指先が冷たくなった。心臓がどきどきと音を立ててうるさかった。けれどそれは当然ときめきなんかではなく、ただ怖くて——知りたかったはずの本当の十貴田を知ってしまうことが、なぜか急に怖くなったのだ。

十貴田はあの女性を、過去に一度、死ぬ気で口説いたことがあるのだ。あのマンションで一緒に暮らした時間が。うなじを引き寄せて、強引に唇を奪《うば》ったことが——。

けれど、十貴田の腕の中にいる彼女の左手の薬指には、銀の指輪《ゆびわ》が光っていた。
それに気づいたとき、頭の中の〝トキタ〟が、初めて俺に口を開いた。
――お前にはわからない。
十貴田と同じバリトンの響きで、十貴田と同じ――突き放すような言い草だった。

3

「口説いてやる」

徹夜明けの脳に、十貴田の低い声が鈍く響いた。ぐらりと揺れる頭を抱えながら漏れた返事は、「はぁ」と気の抜けたものになってしまった。

ふたりきりのミーティングルーム。朝イチで十貴田に叩きつけた紙束は、プロットと導入のシナリオだ。昨日は瀧浪が見ている前で胸倉を掴まれるような喧嘩をしたが、そんな険悪さや気まずさを引きずっていられるほど、今の俺には余裕がなかった。

シナリオは昨夜寝ずに書いたものだ。とにかく今は疲弊していて、眠たくて仕方がない。

「苦手だと思ってあまり期待もしていなかったが、ヒロインの感情の繊細さがいい。やりゃあできるじゃねぇか、この方向で進めてくれ」

「はい……」

「……結構な弱音を吐いたわりに、マシなもんを持ってきたな。急にどうした」

「それは……」

なにか返事を、と考えたが、なにも浮かばない。脳みそが出涸《でが》らしみたいに空っぽだ。

結構な弱音、それが皮肉《ひにく》だと気づくのには数秒を要した。昨日の俺は、この会社では我慢しようと決めていたにもかかわらず、十貴田に噛みついてしまった。それに、十貴田の下では書ける気がしないと思ったのも事実だ。けれど今、十貴田の手には俺の努力の結《けっ》晶《しょう》である紙束。そしてどういうわけか、口説いてやる——つまり、認めてやると十貴田が言っている。

もし十貴田が昨日のことを悪いと思っていたとしても、俺が作ったものに対して遠慮するということはまずないだろう。俺はようやく第一関門を突破できたということだ。嬉しいことのはずなのに、なんだかこの状況は自分でも不思議だった。

昨夜、寿里と別れたあと、会社のビルの前で見た光景が、今もなお脳裏に焼き付いている。見たことのない表情の十貴田と、左手の薬指に指輪をはめた女の——あれはきっと、逢瀬《おうせ》だった。

結局オフィスには戻れずに、雨の中を引き返すしかなかった。俺はなにかから逃げるみたいに駅に向かって走り、家の最寄り駅でビニール傘を買って帰る羽目《はめ》になった。俺は混乱していた。ドラマや漫画じゃあるまいし、俺の人生のうちに、あんなシーンに遭遇することがあるなんて思いもしなかった。

家に着いて自室に入ったら、パソコンを立ち上げていた。十貴田とあの指輪の女には、俺にはわからないドラマがあるのだ。そう思ったら妄想が加速《かそく》して、それをとにかく打ち

込まずにはいられなかった。気が付いたらシナリオは数十ページ出来上がっていて、そのころには部屋の外は明るくなっていた。

「十貴田さん、昨日の……」

「なんだ」

食い気味の返事に、昨夜のあの女はなんなのか、とは問えなかった。

「いえ、なんでもないです……」

俺はふらふらとミーティングルームを出る。デスクに着くなり、突っ伏して意識を失うように眠った。当然就業時間内だが、誰も俺を咎めなかった。


「『グランドエンムブレム』ってゲームシリーズ知ってるかな」

十貴田は一度、Ａスタジオで失敗した。

昨夜、寿里に案内されたダイニングバーで聞かされたそれは、想像の範疇《はんちゅう》だったが、続く寿里の口から出てきた質問がそれだった。

『グランドエンムブレム』――そのタイトルは、俺が最も愛するゲームのうちのひとつであり、十貴田の部屋でゲームをしたとき、なんとなく彼との親睦《しんぼく》を深めるキッカケにもな

ったものだ。今もなお語り継がれる、シリーズ全五作の名作ＲＰＧである。『グランドエンムブレム』のシナリオの岩瀬さん、音楽プロデューサーの長谷川さんといえば、今やゲーム界のレジェンドだ。そのふたりを招いて、Ａスタジオは数年前に大作ＲＰＧプロジェクトを立ち上げた。当時転職して入社したばかりの僕と十貴田も、そのチームにいたんだよ」

「……！」

それを聞いて、思わず腰が浮きかけた。あの夜、どうして十貴田はその話をしてくれなかったのだと、興奮のあまり不満が湧き上がるほどだ。もっと明るい飲みの場であれば、きっとあれこれと詮索してしまっただろう。

「当然痺《しび》れるようなシナリオと音楽が上がってきた。当時の会社は大盛り上がりだったよ、何十億も稼げる大ヒットタイトルになるに違いないって……。制作にはそれ相応の費用と期間もかかったからね」

俺は「すごいですね」と声を上ずらせながら相槌を打ったが、ふと思い返してみて、ここ数年の間に、そんなゲームがあったのを、自分が知らなかったことに驚いた。岩瀬・長谷川のふたりがかかわっているゲームなら、どんなに忙しくても間違いなく手を出しているはずだ。

俺がそのことを知らないということは、つまり――。

「だけど、蓋《ふた》を開けてみれば、そのゲームは大して話題にもならず、大きな売り上げも立てられず、リリースからわずか一年半でクローズした。大失敗だった」

そう語った寿里は、当時を思い出したのか、表情を苦々しく歪《ゆが》めた。

――原因は概《おおむ》ね、当時のプロデューサーにあったとのことだった。

「その男はとにかく政治がうまかったから、ゲームクリエイターとしては実力不足だったにもかかわらず、こんなビッグタイトルのプロデューサーになってしまったんだ。そしてそんな男と十貴田の馬が合うはずもなくて、毎日のようにゲームのシステムやバランスについて大喧嘩だったよ」

その寿里の言い草から察するに、一言で政治がうまいタイプだと言っても、温和な人格者である瀧浪とは重ならなかった。たぶん調子がよくてずる賢く、口が達者だったのだろう。上司には好かれても、必ずしも部下がついていくタイプとはいいがたい。それにあの十貴田と張って喧嘩ができるくらいだ。気の強い性格も想像できた。

「当時から、十貴田は周囲の誰もが認める優秀なエンジニアだった。ゲームに関する知識も豊富で、ベテランのプランナーだって彼にはかなわなかった。十貴田をプロデューサーに置いたほうがいいんじゃないかって言い出す人も少なからずいたよ。だけど、十貴田がどんなに正論と分析結果と改善案をぶつけても、頑《かたく》なにプロデューサーの案が押し通されてゲームは作られていく。プロデューサーは、仲が悪いぶん、評価の高い十貴田への嫉妬《しっと》

と焦りがあったんだろう。誰が十貴田に加勢《かせい》してても聞いてはくれなかった……」

　ひどい上司だと思った。けれどきっと、どこにでもそういう人間はいる。そういう社会の波に揉まれていない元フリーランスの俺は、今はただ黙りこくるしかなかった。なにを言っても見当違いな発言になる気がしたからだ。

「今思えば、同じチームの一員として、僕にもできることはあったのかもしれない。隣のチームにいた瀧浪さんも、当時傍観者《ぼうかんしゃ》だったことを悔いてるんだ。彼は上にも多少口がきけたから……」

　瀧浪が今の十貴田をどうにか救い、十貴田のゲーム作りをフォローしたいと思うのは、そんな過去があったからなのかもしれない。

「そんなことを二年続けて、そしていよいよゲームをリリースした。けれど初動売り上げが想定より大幅に下回ったと見るや、そのプロデューサーは突然転職して会社からいなくなってしまったんだ」

「ええっ……？」

「——逃げたんだよ。レジェンドを呼んで、期間と費用と人員を割いて、会社の期待を一手に担ったビッグタイトルが、自分の案を押し通した結果、不発。その責任を、失敗の烙《らく》印《いん》を負わないために逃げたんだ」

「そんな……」

「レジェンドの名前のおかげで、そのタイトルは業界内での注目度も高くてね、ユーザーの数自体は多かった。だけど、売り上げは振るわない。なぜならそのプロデューサーが、十貴田の話を聞きもせずに貫き通したシステムのすべてが、あまりにも粗末だったからだ。そしてあっという間にユーザーは離れていった。嫉妬と焦りに駆られて作られた〝ゲームそのもの〟が、おもしろいわけがない」

普段穏《おだ》やかなはずの寿里の口調が、棘を持ち、そう訴える。当時の悔しさは俺には想像もつかないが、短気な自分には耐えられない屈辱に思えた。

この世界はシビアだ。どんなに素晴らしいシナリオや音楽、グラフィックを揃え、人気声優を宛がい、プロモーションをかけたところで、ゲームそのものがおもしろくなければ、ユーザーを繋ぎとめ、売り上げを伸ばすことは難しい。そのプロジェクトは、見事にその失敗例をたどってしまったのだ。

「……そして、いなくなったプロデューサーの穴を埋めなくてはいけなくなったのが、十貴田だった」

「十貴田さんが……？」

「ああ。十貴田は上から散々怒られ、文句を言われながら、毎日寝る間も惜しんでゲームシステムを改修し、バランスを調整し、企画を出した。みるみる痩せて、何度もぶっ倒れながらね。だけど、すべてを直すにはかかる時間があまりにも膨大《ぼうだい》過ぎる。そして一度失

ったユーザーはそうそう戻ってこない。ユーザーがいないということは、課金する人が少ないということだ。プロモーションを打つ費用もなくて、新規ユーザーの流入も難しい状況で、十貴田もあんな性格だ。周囲にコネもなく、人の助けも充分じゃなかった」

当初のプロデューサーが押し通したシステムが、ゲームの基盤に近いものだとすれば、それを改修するとなると、ほとんどリニューアルに近い作業になるはずだ。それを運営しながら行うには、売り上げの少ないチームにとっては、費用も人員も、そしてなにより気力を要する。

売り上げが振るわないということは、チーム全体の士気にかかわる。もう駄目だと周囲が諦めていく中、ひとりそのチームを引っ張っていかなくてはならなかった十貴田の気持ちは、いったいどんなものだったのだろう。

「そして売り上げが低いあまりに運営ができなくなり、クローズが決まった。十貴田はずっと憧《あこが》れていた岩瀬さんが書いたシナリオを、ユーザーに最後まで読んでもらうことができなかった。長谷川さんが物語のクライマックスに用意した音楽を、聞いてもらうことができなかった。シナリオと音楽だけは、最高のゲームだったのに……」

その大きな屈辱と挫折の傷を受け、さらにプロジェクトとしての失敗の責任を負ったのが十貴田だった。失敗をした人間に、大きなタイトルは任せられないと、Ｂスタジオへ異動させられたのだ。

「だから今の十貴田は売り上げを出せるゲームに固執《こしつ》している。どんなにおもしろいシナリオでも、どんなにすばらしい音楽でも、売り上げが出せなければ、ゲームはクローズしてしまうからだ」

「…………」

──どんなにおもしろかろうが、売り上げの出せねぇゲームはクソだ。

そんなふうに吐き捨てられた、十貴田の言葉を思い出した。

尊敬する岩瀬・長谷川タッグが手掛けたシナリオと音楽を、当時の十貴田は誰よりも愛しただろう。だからゲームそのものが中途半端《ちゅうとはんぱ》な出来になることを恐れ、プロデューサーと戦ったのだ。リリースして、改めて失敗したとわかったあとも、なんとか持ち直さなくてはと奮闘を続けた。最高のシナリオと音楽を、ユーザーに届けるために。

そして疲弊した身体を引きずり、心を抉られながら、何度も何度も、頭の中で呪いのように唱えただろう──売り上げがあれば、と。

「英二くん、きみの戸惑いには気づいているつもりだった」

寿里は改めて俺の目を見つめ、いつも通りの穏やかな口調でそう言った。

「今までずっと、悩ませてごめん。僕はきみに、十貴田のことを許して欲しいから、今日こうして十貴田のことを話したんだ」

「許すなんて、……俺は……」

寿里は今の十貴田が、本来の十貴田ではないことに気づいていた。けれどそれを口にせず、黙ってただ十貴田についていくと覚悟したのは、十貴田が背中に負った大きな傷のことを、充分すぎるほどに理解しているからだ。

俺はどうだろうか。今の十貴田についていくことに疑問はあったが、過去を知って、それでもなお許せないと一方的に責めるつもりはない。

けれど、だからといって、寿里と同じようにいられるかといえば、それも違っていた。

「……十貴田さんって、本当はどんな人なんですか？」

尋ねたら、寿里は「ただのゲーム馬鹿だよ」と苦笑した。寿里や瀧浪が、一緒にゲームを作りたいと思う十貴田は、そのゲーム馬鹿のことなのだ。そうわかってほっとした。俺はそういう十貴田のことをもっと知りたいのだ。そういう十貴田とならーー恋がしてみたい。

「ねぇ、英二くん。十貴田とキスした？」

「ぶっ、えっ？　はあっ？」

唐突すぎる寿里の問いに、俺は口に含んだワインでむせてしまった。真正面でシャンパングラスを傾《かたむ》ける寿里は、慌てた俺を見て、おかしそうにクスクスと笑った。

「ごめんごめん。だって見ちゃったんだもん。あの夜、十貴田のマンションで。喉が渇いて、お水が欲しかったから、僕、起きちゃって……」

「……っ！　あ、あれは、その、口は当たってなくて、その……っ！　絹子さんのアイデアのことを話して、それで……っ！」

　唇が既《すんで》のところまで近づいた、あの夜のことだ。俺の弁明《べんめい》を聞いて、寿里は「なんだ、つまらない」とからかうように言う。

「でも、十貴田はさ、冗談であんなことをするようなやつじゃないよ」

「ええっ？」

「本当に、きみを口説いたんだよ。口説いてもいいって思ったんだよ。英二くんが、いいシナリオを書いてくれるなら、って……」

　寿里のそれは、付き合いが長いからわかる、というような言い草だったが、にわかには信じがたい。

「でも、あれっきりですよ。それに、今日は俺のことブスだって言うんです、口説く価値もないって」

「ふふ。じゃあ、あの夜のきみは、十貴田にはよっぽどかわいく見えたんだね」

「…………」

　俺が不貞腐《ふてくさ》れて唇をむっと突き出すと、寿里はなお小さく笑った。

　彼の言い分が的《まと》を射《い》ているのなら、あの夜の俺には口説く価値があって、今の俺にはないということになる。あの夜の俺はそんなに特別だっただろうか。部屋の明るさや顔の角

度の問題——ではないだろう、たぶんそういう意味の〝かわいい〟を求められているわけじゃない。

「今の十貴田はさ、少し間違っていると思う。だけどきみが入ってきて、僕は少し安心したんだ。もとの十貴田に戻ってくれるんじゃないか、って……」

「そんな、俺は……、なにも……」

そうだ。俺はまだ、なにもできていない。そのことに、胸がずきりと痛む。

十貴田と俺の関係は、もしかしたら時間が解決してくれることなのかもしれない。けれど、ゲーム制作のスケジュールを思えば、あまりのんびりもしていられない。

十貴田が怖いからといって、なにもできずに怯えてばかりでは、状況は変わらない。

兄・滉一は言った、喧嘩をするなと——俺もそれが正しいと思っていた。クライアントに噛みついて、喧嘩ばかりするから今までの俺はうまくいかなかったのだから。

でも、十貴田に噛みつくこともできないで、喧嘩のひとつも乗り越えられないで、生まれ変わろうなんてうまい話はきっとない。それは十貴田も同じだ。十貴田にももとに戻って——いや、生まれ変わってもらわなくては困る。

過去の苦しみを超えてなお、寿里が信じるゲームクリエイターの十貴田政宗に、生まれ変わってもらわなくては困るのだ。そして瀧浪が絶対の信頼を寄せるそのカリスマで、俺のことも引っ張って欲しい。もう一度走れるように、もう二度と躓かないように、最後ま

で、いいシナリオを——おもしろいゲームを作れるように。

「……そうだ。英二くんってさ、今好きな子いないの？」

「えっ？　なんですか、急に。い、いませんよ、それどころじゃないし……」

寿里の質問はまたしても唐突だった。

「そうなの？　つまんないな」

つい先ほどにも「つまらない」と彼は言ったが、今度のは響きが違っていた。彼の美貌に似合う、艶っぽい声だ。寿里は大きな二重の目を細め、俺を見つめていた。そして形のいい唇に優しい笑みを浮かべる。

「そんなんじゃ、すぐに僕のものになっちゃうよ」

「…………」

「——なんて、今のどう？　僕なりに一生懸命口説き文句を考えてきたんだけど……」

寿里は俺を見る目を丸くして、今度は「ふふっ、あはは！」と声を上げて軽快に笑った。

俺は完全に寿里の口説き文句に硬直してしまった。顔が信じられないくらいに熱い。きっと真っ赤だ。そういう俺の顔を見て、寿里は大笑いしているのだ。そのことに余計に羞《しゅう》恥《ち》が込み上げた。

僕のもの——だなんて、寿里の中性的な美貌で、その口説き文句はあまりにも強烈だ。会社にいる寿里ファンの女性たちに聞かせたら、きっと卒倒するに違いない。

「や、やめてくださいよ、恥ずかしいから」

「ふふ、自信持って、英二くん。きみってとってもかわいいよ」

寿里はひとしきり笑うと、滲んだ涙を拭《ぬぐ》いながらそう言った。からかうようなセリフだが、それでも先輩にかわいいと言われれば悪い気はしなかった。

店の窓ガラスに、小さな雨粒が当たったのがわかった。店に入ってから、二時間ほど経っていた。囁くように、「いこうか」と寿里が言う。

俺はこのとき、もう一度十貴田を好きになる未来を信じられると思った。寿里が言う通り、本当に十貴田を過去の呪縛《じゅばく》から救えるなら、なんだってやれると思った。噛みつくのも、喧嘩をするのも得意分野だ。

そんなふうに思ったからこそ、傷ついたのだ。十貴田には、俺には絶対に踏み入れられない領域《りょういき》があるということに。

だって指輪の女は、俺を見て言うかもしれない。

彼にはわたしがついてるわ。彼を救うのはわたしの愛だけよ。あんたなんか、いらないって――。

「ほかの誰かの女のくせに」

雨の渋谷を駅に向かって走りながら、思わずこぼれたひとり言は、嫉妬で薄汚れていた。それに気づいたとき、俺の中にようやく〝ヒロイン〟が生まれたのだと思った。

十貴田に早く口説いてもらいたかった。早く口説いてもらえるようになりたかった。

十貴田に口説かれるのは、世界中で俺だけがよかった。

——この感情は、きっと、恋するヒロインだけのものだろう。


その日の朝、オフィスフロアへと入ると、いつもは遅刻すれすれで出社するありすが、珍しく俺よりも先にデスクに着いていた。早いじゃん、と声を掛けようとしたが、服装が昨日と同じだと気づいてぎょっとした。

「おい、女子なんだからやめろよ、泊まり込みとか。十貴田さん知ってんのか？」

「うるさいな、いいの、好きでやってんだから」

ゲーム制作の現場といえば、深夜残業や徹夜のイメージが強い。実際数年前まではこの会社にもよく見られる光景だったらしいが、最近は会社が大きくなったこともあり、残業時間には随分と厳しくなったようだ。日付が変わるころまで会社に残っている従業員はほとんどいない。

そんな中、女ひとりで泊まり込みは危険だ。ありすのこの様子では、許可を取ったのかどうかも怪しい。

けれど、乗りに乗っているときは止まれない。そういうありすの気持ちも、わからないわけじゃない。素っ気ない態度を取ってはいるが、ありすのモチベーションはかなり高い。チーム唯一の乙女ゲー好きとして、チームを引っ張ろうという意識があるのだ。

「あんたはどうなの、進捗《しんちょく》」

ありすはディスプレイを睨み、ペンタブを走らせながら尋ねてきた。俺は一瞬悩んでから、「ほどほど」と返事をした。その言葉に嘘はなかった。十貴田と指輪の女の一件以来、シナリオ執筆はさほど滞ってはいない。

シナリオの中で、俳優のトキタは謎《なぞ》めいた男になった。その謎を解き明かし、心を開いていく過程を描くことで、物語は進展を見せている。トキタは、一度はヒロインに好意を見せ、強引に迫ってきたくせに、ある日突然突き放し、そしてヒロインのピンチにはどうしてか手を差し伸べてくれた。

ただ、ヒロインとトキタの関係が近づいたり離れたりを繰り返しながら、次第に親密《しんみつ》になっていく、そんな妄想ができるのは、俺の脳内で笑うヒロインが、水色のワンピースの女だからだ。左手の薬指に、指輪をはめた――彼女にだけは、トキタは優しい。俺はそこにいるヒロインが指輪の女であることが、ときどき悔しくてたまらなかった。

デスクに向かい、俺は頭を掻く。書いているのは俺なのだから、シナリオは俺の自由になるはずだった。けれどキャラクターたちは、性格が定まると自我《じが》を持ち始め、好き勝手

に動き出していく。トキタがヒロインに彼女を選んだとき、俺の中のヒロインはなす術もない傍観者だった。

　この苦しみは、疑似《ぎじ》恋愛の一部なのだろうか。近くにいる寿里や巽ではなく、いまだ遠く掴めない十貴田のことばかりを、俺の中のヒロインは焦がれている気がした。どうかしていると思うのに、この感情のおかげで筆《ふで》は進む。

「今から出られる?」

　昼過ぎに、寿里にそう尋ねられた。行き先は六本木にある『千画堂』だそうだ。

　イラスト制作会社『千画堂』は、ハイアクシスで数年前から取引のある会社で、親交も深い。普段ならばやり取りもスムーズだそうだが、ありすが目を付けたイラストレーター・しちりのスケジュールを押さえるのに、どうにも窓口担当が渋っているらしい。

「電話じゃ埒があかなくて、もう直接会いにいこうと思って」

「……俺、パーカーにスニーカーですよ」

「先方もみんなそんな感じだし、気にしないよ」

　それから、寿里は「十貴田と巽も来るよ」と付け足した。アートディレクターの寿里と、プロデューサーの十貴田が出向くのはわかるが、俺と巽も加えて四人という人数は、急な打ち合わせにしてはいささか大所帯に思えた。

「……俺、そもそも行く意味あります?」

なにか交渉ができるわけでもないし、予算の決定権も握っていない。イラスト制作会社がどんなところなのか興味があったが、それ以上に人見知りなので、必要がないなら会社に残ってシナリオを書いていたい、というのが本音《ほんね》だ。しかし寿里はチッチッと人差し指を振って見せた。

「もしかしたら、英二くんみたいな男子がストライクかもしれないじゃない？」

「はぁ？」

「まだ明確に断られていないところから察するに、しちりのスケジュール自体は押さえられるけど、本人がやるかどうか渋っているって感じだと思うんだよ。相手は女性なわけだし、だったらうちのイケメン軍団で口説き落としにいけば、っていうのが、ありすちゃんのアドバイス。そういうことなら僕ひとりで充分かなとは思うんだけど、念のためね」

「……俺、寿里さんのそういうところ好きです」

寿里はわざとらしく俺にウインクを飛ばして、「ふふ、ありがとう」と言った。普段ならイケメンに対しては嫉妬の念しかないが、寿里はべつだ。自分の美貌を自覚したうえで、それをネタにしてくる彼のユーモアには好感が持てた。

十貴田、寿里、巽は三者三様、男の俺から見ても華やかなイケメンだ。こんな三人が揃っていては、ますます俺の存在は不要のようにも思えるが、まあいいか、と席を立ち、外出の準備を始めた。

　そのとき、ありすのデスクのそばに立った十貴田が、厳しい声色でそう言ったのが聞こえた。

「駄目だ、作り直せ。散々時間かけてこれか、やる気あんのか」

　ありすはここずっとゲーム画面に使う画像、いわゆるＵＩ素材と呼ばれるものを作っている。山ほど案を出し、ラフを作ってはミーティングを繰り返し、ようやく本制作に入ったところだったはずだ。

　アートディレクターは寿里だが、ＵＩ素材に十貴田が目を通すのは、このチームの総監《そうかん》督《とく》であり、売り上げの責任を負う人間として当然だ。しかし駄目出しをするにしたって、やはり十貴田の言い草は高圧的で、配慮がないように聞こえた。

　ありすは顔を強張らせ、「すいません」と呟くと、おとなしくデスクに向き直る。普段、俺に対しては強気な彼女だったが、今は唇を固く引き結び、眼球に涙の膜《まく》を張っていた。徹夜した彼女の顔は青白く、目の下にはくまができていた。

「十貴田さん、ありすは一生懸命やってますよ」

　俺が言うと、十貴田はじろりと俺を睨み、またお前か、という顔をした。

「だったらなんだ」

「言い方、もっとなにかないんですか」

「……駄目なもんに駄目だと言っただけだ」

ついむっとして突っかかってしまったのは、普段から彼女の様子を見ていたら、少なくとも「やる気があるのか」とは聞けないはずだと思うからだった。

「あのね、十貴田さん。クリエイターは魔法使いじゃないんですよ。呪文唱えれば絵が出来上がるわけじゃない。時間と体力使って、脳みそ振り絞《しぼ》って作ってるんですよ」

「てめぇも学習しねぇな。ユーザーは運営側の努力なんか知らねぇって以前も」

「ユーザーの話はしてません、あんたの話をしてんですよ！」

ありすが慌てて立ち上がり、「ちょっと」と俺の腕を掴んでくる。

「口の利き方に気を付けろ。一生懸命作れば、クソみてぇなクリエイティブでも採用しろって言うのか。言っただろ、鳥々弟。どんなに頑張ったって、売れねぇもんはクソだ！」

十貴田の眉間に深い皺が刻まれ、語気が荒くなる。隣のチームの従業員が、迷惑そうにこちらの様子を窺っているのが視界の隅に入った。

こんなとき、いち早く仲裁《ちゅうさい》に入ってくるはずの寿里は、黙って俺たちの様子を見守っている。正式に十貴田に噛みつくことを許されたような気になった。

「そういうことを言ってるんじゃない。言い方があるでしょって話をしてんですよ。あんたがいつまでもそんな姿勢じゃ、この先誰もついていけなくなります！」

駄目出しをするのはいい。どんなに愛情深く時間をかけて作ったものだって、クオリテ

ィが満たなければ、作り直さなくてはいけないこともあるだろう。ものを作っている限り、ときには自分の努力が無駄だったと突き付けられることもある。

だけどなんのために頑張っているのかわからなくなったら、ありすの今のモチベーションは失われてしまう。心が折れたら、人は走れなくなる。俺は自分が一度陥っただけに、それがありすに訪れることが怖かった。

「ついてこれねぇやつは置いていく」

「……っ！」

頭がカッと熱くなった。今度は俺が掴みかかる番だ、そう思った。けれど「いいの、やめてよ！」と叫んだありすに腕を引っ張られ、引き止められる。

十貴田は小さく舌打ちをして、自分のデスクへと戻っていく。俺はそのままありすに引きずられ、オフィスフロアの外まで連れ出されてしまった。

「あんた馬鹿じゃないの？　十貴田さん、めっちゃキレてるじゃん、超空気悪くなるじゃん。なに考えてんの、信じられない」

「だって」

「いいんだよ。あたしは専門時代も、死ねって言われながら物作ってたんだ。だからキツい言われ方するのには慣れてる。それに、生温いチームにいるより、厳しい十貴田さんの下がいいと思って、自分の意志でここにいるんだよ」

十貴田の人柄を理解し、厳しい言われ方をすることに慣れていたとしても、それは傷つかないという意味じゃない。だから今もまだ、彼女のその瞳は潤んだままなのだ。

「あたし大丈夫だから。こういうとき、燃えるタイプだし」

ありすは気丈にもそう言ったが、俺の二の腕に額をつけ、「でも、ありがとう」と小さな声で言った。それは普段の彼女からは想像もつかないような、かわいい声だった。

「……ありすは頑張ってるよ、すごく」

ありすはすぐに顔を上げ、「やめてよ」と苦笑した。

俺はありすが人知れず頑張っていることを知っている。ただ、その知っているということだけは、伝えておきたかったのだ。

デスクに戻り、外出の準備を整えると、ありすと絹子を残し、十貴田、寿里、巽と俺の四人はオフィスを出た。先ほどの喧嘩の余韻もあり、移動中は終始無言になるだろうと思っていたが、巽がべらべらと中身のない世間話をするので、なんとか間が持っている。

渋谷から六本木へはバスで向かうことになった。車内はすいていて、十貴田が一番後ろの座席に座ったので、俺はその隣に座った。巽がさらに俺の隣に座ろうとするのを、寿里が引き留める。二人は少し離れたところに座ると、世間話の続きを始めた。

俺は十貴田のほうをうまく見られないまま、それでもなんとか「さっきはすいません」と呟いた。視界の隅で、十貴田のこめかみがぴくりと反応する。

「……でも、他人事だと思えなかったから」

「…………」

「俺、家でシナリオを書いているとき、結構しんどいんですよ。うまく書けないときに苦しいのは当たり前だけど、筆が進んだときだって、べつに楽に書いてるわけじゃないんだ」

　誰に強要されるわけでもなく、自分の意志でゲームのために身を削《けず》っているから、今はそのつらさにも耐えられている。今のありすがまさにそうだ。乙女ゲーへの愛で、今の彼女は支えられている。

　ありすはこの世にひとりだけだ。替えのきく道具ではないし、使い捨てでもない。人間だから、今あるモチベーションを無残《むざん》に手折《たお》られ、酷使《こくし》されれば身体や心を壊してしまう。

　だから、十貴田にはありすのことをもっと大事にしてほしかった。女だからじゃない。十貴田組のメンバーで、十貴田の部下だからだ。

「ありすは魔法使いじゃないんですよ。ずっと見てた。普通の女の子なんだ、頑張り屋の……」

「……そんなこと、お前に言われなくても……」

　十貴田は口を噤んだ。わかっているとは言わなかった。

前の座席の背もたれに肘《ひじ》をつき、十貴田は頭を抱える。短い前髪をくしゃりと掻き、深いため息を吐いた。それから、「お前はなんなんだ」と力なく呟く。

「お前みたいなやつは初めてだ。平気で俺につっかかってくる。言いたいこと好き勝手に言いやがって、こっちにも事情が……」

「知りませんよ、十貴田さんの事情なんか」

言い捨てると、十貴田は言葉に詰まった。

寿里たちは、昔の十貴田や、十貴田の苦しみを間近で見て知っているから黙っているのだ。けれど、俺はその苦しみを聞いただけだ。十貴田に同情こそすれ、必要以上に優しくしてやる必要なんかないと思った。

開き直って、十貴田と喧嘩ができて、俺は少し気が晴れていた。たぶん、言いたいことを我慢している間はつらかったのだ。人付き合いが苦手なくせに、周りを気遣《きづか》って、踏み込まないようにして、そんなふうにしている間は息が詰まって仕方がなかった。

そうやって縮こまっていれば、十貴田のことがわからないのは当然だったのだ。思いきりぶつかりもしないで、無愛想な十貴田の牙城《がじょう》が崩《くず》れるはずもない。

自分のためであれば、きっとまた躊躇《ためら》っただろう。だけどありすのためなら、迷うこともなかった。

「……俺をどうしたい」

十貴田はそう言って、横目で俺を見た。そんな質問をされるとは意外だったが、俺は生まれて初めて、噛みついてよかったのだと思えた。

「……一緒に、ゲームを作りたいです」

「作ってるだろ、今まさに」

十貴田は呆れ顔で言う。けれど、もちろん変なことを言っているつもりはなかった。

「今の十貴田さんは、ひとりで作ろうとしてますよ」

「………」

十貴田組はチームだ。だけど、今の十貴田はひとりで走っている。だから、ついてこれないやつは置いていく、切り捨てるなんてことが平気で言えるのだと思った。

もしありすの心が折れてしまったら――もし俺があのとき、本当に書けなくなってしまっていたら、十貴田は俺たちを切り捨てたのかもしれない。けれど、切り捨てて、べつの仲間を連れてきたって、今の十貴田は同じことを繰り返すだろう。切り捨てて、切り捨てて、最後には孤独になってしまう。

「そんなことは……」

うつむいた十貴田の声は、中途半端に途切れて消えた。その横顔は疲れきっているように見えた。ほかのチームも掛け持ちして、仕事量が多く、その背中に圧し掛かる責任の重圧は計り知れない。

ゲームをして遊んでいたころは、ただ楽しいだけだったはずだ。そんな楽しいゲームを作るために回ったはずの〝作る側〟は、こんなにも苦しい。

ひとりで走るからだ、と俺はその横顔を見て思う。その苦しみの全部を背負い込み、たったひとりで走るから、苦しいのだ。

十貴田組は一見バラバラだ。だけど見えないなにかで繋がっている。

彼らを繋ぐ、今はまだ頼りないその絆が、もっと強固なものになればいい。切り捨てるなんてできないくらい硬《かた》くて、置いていくことができないくらい身近で、ひとりが立ち止まったとき、ほかのみんなが引っ張ってくれる、そういう血の通った絆だ。

けれど、それを成しえるのは俺じゃない。誰よりもゲームを愛するカリスマ・十貴田にしかできないことなのだ。

俺は、十貴田がどれほどの大物なのかをまだ知らない。けれど、十貴田が変われば、チームは変わる。少なくとも、俺は変われる。寿里や瀧浪もそれを望んでいる。そのことだけは、確かだった。

六本木のバス停で降車し向かった『千画堂』は、六本木駅からほど近い、こぢんまりとした五階建てのオフィスビルに入っていた。

受付に到着し、内線で担当者を呼び出すと、出迎えた女性担当者は緊張気味に俺たちを中へと案内してくれた。先頭をゆく寿里は、眩しいくらいのよそいきの笑顔だ。彼女の緊

張も頷ける。

「すみません、わざわざお越しいただいて。しちりも来ているんですが、その……、あまり人と会いたがるタイプじゃなくて」

担当者はそう断ってから、「もう一度呼んでみます」と、応接室をあとにした。

シャイな性格のイラストレーターやデザイナーは多い。もちろんそれが今回の仕事を渋る理由ではないだろうが、それにしたって女性をひとり口説き落とすのに、男四人がかりでは圧もある。怖がらせてしまうのではないか、俺だけでも外で待っていようか、と思ったとき、ようやく「お待たせしてすみません」と担当者が戻ってきた――ひとりの男を連れて。

男の年齢は三十台半ばくらいで、中肉中背。かろうじて清潔感と呼ばれるものを身に纏っていたが、髪の毛はボサボサで、分厚い眼鏡をかけた、冴《さ》えないオタクの風貌だった。彼は俺たちの顔をチラッとだけ確認すると、ともすれば聞き逃してしまいそうな、小さな声で言う。

「……初めまして、しちりです」

「…………！」

驚きに言葉を失い、俺たち四人は顔を見合わせた。すっかり女性だと思い込んでいたが、思い返してみても、確かに性別の記述を見た記憶はない。

軽く挨拶と名刺交換を済ませると、担当者としちりは、俺たちの真正面に座った。しちりはうつむきがちで、時折俺たちの目を盗むようにして、ちらちらと視線を配った。暗そうだ、というのが率直な印象だった。

イラストレーターのしちりは、乙女ゲーを筆頭に、女性向けタイトルの二次創作出身だ。巧《たく》みなイケメンキャラの書き分け、憂いのある美麗なイラストに確かなデッサン力で、コミケに画集を出せば長蛇《ちょうだ》の列が形成される人気だそうだが、売り場にいるのは常に売り子だけで、しちり本人がブースにいたことはないとの噂だった。

「男性、……だったんですね」

なんとか取り繕った、というふうに、寿里が言う。

「はい、よく言われます。だから……、人前に出ないんです」

しちりは静かに言った。愛想笑いすらしなかったが、それは無愛想なのではなく、伝えられていた通りのシャイな性格と、緊張のためだろう。

「……なるほど。イラスト、すごく繊細ですし、描かれるジャンルも女性向けタイトルばかりなので、僕らもてっきり」

「ああいう絵を、僕のような男が描いていると知られると、なんとなくですが、夢が壊れるじゃないですか。だけど今日は、みなさん男性だと聞いたので……」

勇気を振り絞って、出てきたのだ、と聞こえない彼の声が聞こえた気がした。

「ゲームの内容は、事前に聞きました。僕に依頼したいって……」

「はい、ぜひにと思っているんですが、なにか気になることが？」

「………」

しちりは黙り込む。

続く重たい沈黙の中、寿里は姿勢を正した。相手が女性ではなかったことは予想外で、イケメンを揃えて口説き落とそうなんて、冗談半分の手は使えない。けれど、なんにせよこの沈黙の壁を破り、しちりの心を引き寄せなければ話になりそうにない。瀧浪も優秀だと認める寿里だ、ここでなにもできないような、見てくればかりの男ではなかった。

「僕らも男だらけのチームです。しちりさんが男性であることには驚きましたが、そのぶん、腹を割って話しやすくなりそうで、よかったですよ」

そう歯切れよく言った寿里の声からは、対女性用の甘さが消えていた。その美貌に、先ほどまであった営業用のスマイルもない。しちりの心をこじ開けるために、まずは自らの壁を取り払った。そういうふうに見えた。

「しちりさんって、ご自身でも乙女ゲーはプレイされるんですか？」

「………はい、やります、すごく。たぶん、たくさん」

「じゃあ、本当に好きだから描かれてるんですね。おべっかを使うつもりはないですが、そうでなきゃ描けない絵だということくらいは、僕もデザイナーだ、わかります」

寿里は早口にそう言うと、うつむいたままのしちりを今一度見据える。本題に入る、そういう間のあと、寿里は言う。

「僕らが男だらけのチームだから、不安ですか？」

寿里の問いはストレートだった。

乙女ゲーが好きで、乙女ゲーの絵を描いているからこそ、男だらけの乙女ゲーチームを不安視する気持ちは、わからないではなかった。

本当にまともな乙女ゲーが作れるのか、自分の絵のことをしっかり理解できるのか。それに、見当違いな出来で大コケするゲームに、自分の絵を使われたくはないだろう。自分というブランドに傷がつくような、リスキーな仕事だと思われるのは、当然といえば当然だった。

「……僕は、イケメンが好きなんです」

長い沈黙のあとだった。しちりは目を泳がせながら、ほとんどひとり言のようにそう言った。

「ゲイとか、腐男子《ふだんし》ではないんです。ただ、かっこいい男の人を見ると、羨ましいなぁって思うんですよ。憧れが強いというか……。気持ち悪いですかね」

「……」

寿里が一瞬返事に詰まった。

「好きなものを好きって言えない人生なんて、馬鹿みたいですよ」

助け舟になるかはわからなかったが、とっさに俺が口を挟んだ。すると、しちりはようやく少しだけ顔を上げ、やはり俺をちらりとだけ見やる。そして「そうですよね」と言うと、ほんのわずかにだが笑った。笑い慣れていない、不器用な笑顔だ。

「僕は、男ですが、イケメンが好きです。だから、みなさんが男ばかりのチームで乙女ゲーを作ってもいいと思います。でも、乙女ゲーって、そんなに甘くないですよ。奥も深い。みなさんは、どういうつもりで作るんですか?」

「…………」

しちりの問いに、今度はこちら側に沈黙が下りた。構わずに、しちりはぼそぼそと続ける。

「僕はね、命を削って描くんですよ。だってそうしなきゃ、誰の心にも刺さらないから。絵を描くことが大好きだから、もっともっとうまくなって、もっといい絵が描きたいから、……命を削るんですよ。たくさん命を削って、そのぶんいい絵が描けるなら、本当に死んでしまったっていいって、そう思うくらい……」

しん、と部屋の中が静まり返る。しちりの語り口調は静かで、声量もない。けれどその言葉の奥に込められた熱だけは、この場にいる誰をも圧倒したのがわかった。

「みなさんはどうですか」

しちりが、今度はしっかりと顔を上げた。俺たちひとりひとりの顔を、分厚い眼鏡の奥の目が、確認するように見渡した。

「命をかけて、ゲームを作ってくれるんですか」

男だらけのチームでもいい、そこに命をかけられるのかと、しちりは聞いている。命をかけて作るなら、依頼を受けてもいいと――。

「……おもしろいゲームにします」

ぽつりと、呟くような声が響いた。その深いバリトンに、思わず声の主を見た。

俺の隣に座っている十貴田の横顔は、どこか呆然として見えた。言った本人が、まるで自分の発言に驚いているみたいだった。寿里も巽も固唾《かたず》をのんで、続く十貴田の言葉を待っている。

「……しちりさん、あなたの絵に恥じないものを作ります。……絶対に」

十貴田の声も表情も、それはこの場を取り繕うための嘘には感じられなかった。威圧もなく、勢いで押し切るそれでもない。

染み入るような、落ち着いた口調だったが、そこにはしちり同様、言葉の芯に熱があった。俺はしちりにこの熱が伝わるよう、祈るだけだ。膝の上で握った掌に汗をかいた。

「チーム全員で、おもしろいゲームを作ります」

そう言って十貴田は立ち上がると、なんの迷いもなく頭を下げた。プライドの高い男だ

と思っていた。けれど、ゲームのためなら、頭を下げることもいとわない男だったのだ――それはきっと、初めから。

「一緒に作ってくれませんか」

真っ直ぐに響いたその言葉は、ずしりと重く、俺の腹の奥を打つ。しちりは頭を下げ続ける十貴田をじっと見つめて、やがて「わかりました」と言った。瞬間、緊張が解け、俺たちはもう一度顔を見合わせた。

そのあとは、寿里が改めて担当者を交えながら、価格帯やスケジュールについて話をした。しちりの制作に必要なデータをざっとメモにとり、その場はお開きとなった。終盤《しゅうばん》には、しちりもどことなく心を開いてくれたように見えた。

挨拶をして千画堂のオフィスを出ると、俺たちはしばらく黙ったまま歩いた。予想外の展開に驚いていたし、交渉がうまくいって興奮していた。

バス停まであと少しだと思ったとき、唐突に十貴田にパーカーのフードを引っ張られた。首が閉まって「グェ」と潰れた声を上げてしまった。

十貴田は「先に行ってろ」と寿里と巽に告げると、俺にはひときわ低い、物騒《ぶっそう》な声で「ちょっと来い」と言う。そのままグイグイと引っ張られ、裏路地に入ると、壁に身体を押し付けられる。

顎《あご》を掴まれ強引に上を向かされると、銀縁眼鏡の奥の目と視線がぶつかった。相変わら

ず眉間に皺が刻まれた、不機嫌な表情だ。殴られでもするのかと身構えたが、聞こえてきたのは「悪かった」という謝罪だった。

「え……」

「お前の言う通りだった。レーターは魔法使いじゃなかった。……人間だった」

十貴田はそう言うと、背を丸め、俺を閉じ込めるみたいに両肘を俺の横の壁についた。胸が合わさり、十貴田の耳が俺の耳を掠めると、かーっと頬が熱くなる。触れる彼の体温が熱いせいだ、と自分に言い聞かせた。十貴田が近くにいると、いやでもキス寸前の、あの距離を思い出して恥ずかしい気持ちになる。

「ごめん」

耳を疑うようなセリフだが、そのバリトンは十貴田のもので間違いない。

とにかくなにか言わなければと「あの」と切り出したが、耳元で「動くな、殺すぞ」と言われて胃のあたりがきゅっとした。ごめん、と謝ったその顔を、十貴田はただ俺に見られたくないのだ。俺は言われた通り、腿《もも》の横で拳を握り、身体を固くした。そんなふうに意識しなくても、俺は動けなかったけれど。

十貴田がしちりに言った言葉に、嘘はなかったのだ。今こうして十貴田が俺に謝ったことで、それが証明された。感動に、身体が打ち震えている。

「お前、いつから気付いてた……？」

耳の後ろのあたりで、彼の声がこもってこそばゆい。けれど、顔を見られたくない十貴田を思えば、近いからという理由で突っぱねるのも気が引けた。

「な、なにが、ですか」

聞き返すと、「俺のこと」と不機嫌そうに十貴田が言う。チームメンバーを想う反面、売り上げに固執し、ひとりで突っ走っていたことをだ。このまま放っておいたら、十貴田が二つに分離してしまうのではないかと不安になるくらい、彼の言動は二極化していた気がする。

「十貴田さんと、初めて喧嘩したときくらいからですかね……」

俺が答えると、十貴田は自嘲気味に笑って「そうか」と言った。

「ずっと、お前が言ってることの意味がわからなかった。お前が、なにに対して怒っているのかも……」

「………」

「お前だけだ、俺に、……っ」

十貴田は俺のことを、わけのわからない部下だと思っただろう。生意気に口答えをする、世間知らずのガキだと。会社のことを、自分のことをなにも知りもしないで、勝手なことばかりを吠える、やかましいやつだと思っていただろう——けれど今、ようやく彼の中で全部が繋がったのだ。

俺が嚙みついてできた傷口を、しちりの言葉が切り裂いたのだと思った。過去に傷つけられた古い皮膚《ひふ》がようやく裂け、痛みを伴いながら本当の十貴田が姿を現した。命を削って、おもしろいゲームを作ろうとしていた、俺の知らない、いつかの十貴田が。

「あいつらはなんで、俺になにも言わない」

「言ったら聞きますか、あんた……」

少しの間があって、十貴田は俺の首筋に「いや」と正直に言った。そもそも、これだけ高圧的な十貴田相手では、異見できる人間も少ない。万に一つ聞いたとしたって、おもしろいゲームを作ろう、その気持ちが一番大事だ——なんて、他人から聞かされれば、ちゃちな綺麗事に聞こえただろう。

それは心の底から、身体の奥から、魂の芯からそう思わなくては駄目なのだ。その想いは、この業界に足を踏み入れるとき、確実に抱いていた気持ちのはずだ。誰に教えられるでもなく、備わっていたはずだ。ただ束の間、忘れ去られ、置き去りにしていただけで。

おもしろいと思うものを、自分たちが遊びたいゲームを、楽しみながら作る。それは理想にすぎないのかもしれない。だけど、その理想はずっと追っていなければいけないものだ。ゲームを作る人間として、きっと一番大切なことだ。

「そろそろいかないと、バス、来ちゃいますよ」

「……あいつらに合わせる顔がない」

十貴田は俺の肩に額を乗せたまま、駄々をこねるように、くぐもった声で言った。今、この男はどんな顔をしているのだろう。

「みんな待ってますよ」

身体を引き剥がそうと十貴田の背中に触れたら、そのまま抱きしめてみたいという衝動が湧き上がった。そう思ったことが、なんだか恥ずかしかった。俺は、こうやって照れながらも素直に謝ってくれた十貴田のことを、たぶんかわいいと思っている。そういう気持ちを飲み込んで、十貴田の背中を叩く。

「十貴田さんのこと、みんなが待ってます……！」

十貴田は俺の首にほっと息を吐いて、ようやっと顔を上げた。けれど身体が離れていく気配はなく、顔がぼやけるような至近距離で見つめられ、ぎょっとした。

「……な、なんですか。ち、近い」

「べつに、初めてじゃねぇだろ」

十貴田の唇が小さく動き、そう囁いた吐息が俺の唇にぶつかった。この距離はもう勘弁してほしい。急激に早まった鼓動《こどう》が、合わさった胸から十貴田に伝わらないかどうかが心配だった。

けれど、じっと俺の目を見つめる十貴田のその表情は、俺にキスを迫ったときの、色っぽい大人の男のものとは違っていた。見たことのない顔だ。だけど、好きな顔だと思っ

た。俺がこれから、きっと好きになる十貴田の顔だ。

「……おもしろいゲームにしよう、英二」

十貴田は歯切れよくそう言った。初めて俺のことを――英二、とも。

直感した。わかった。これが、十貴田組のみんなが慕い、信じる十貴田の顔だ。瀧浪すらも惹きつける、カリスマの――。

「誰かが命を削るなら、俺の命を分けてやるよ」

「……っ、はい……！」

ゲームはひとりでは作れない、みんなで作るものだ。だから、命だって分け合って作るのだ。これからは、十貴田の傷の痛みも、つらさも全部分けてほしい。

俺が憧れた、眩しいと思った十貴田組が、きっと完成する。十貴田のことさえ信じられたら、最後まで走っていける――。

「――ねぇ、なにやってんの？　ＢＬ？」

はっとして声がしたほうを見ると、そこには巽が立っていた。

「遅いから探しに来たんすよ、その距離ハンパなくないっすか？」

顔を見合わせると、十貴田もはたから見れば異常なほどの顔の近さだと気づいたらしい。ぱっと身体を離し、「話があっただけだ」と巽に弁解《べんかい》したが、巽はニヤニヤしている。

今のをネタに、俺たちをからかう気満々という表情だった。

「そぉなんすか？　怪しいなぁ。あーあ、声かける前に写真撮ればよかった。どっちが受けか決まったら教えてよね」

「殺すぞ……」

十貴田はため息混じりにそう言って、眼鏡のブリッジを中指で押し上げる。横目でちらりと俺を見た彼の唇が、ほんの少しだけ笑ったのを見た気がした。

「バス来るよ」と巽に急かされ、大通りへと向かい、寿里と合流した。寿里は俺と十貴田の顔を見ると、どこか安心したように眉尻を下げた。喧嘩でもしてやいないかと、心配してくれていたのだろう。

「ねぇ、十貴田さん。バスは一本見送って、ありすに、おやつ買って帰りませんか」

もちろん、お詫びの意味もかねてだ。俺が提案すると、「おっ、賛成～っ！」と巽のほうが先に乗ってきた。巽は十貴田の腕に絡み、甘えた声で言う。

「ねえ、十貴田さん、交差点の角のどら焼きの店にしましょうよ。高ぇやつ！　俺のぶんもお願いしますね」

「ふっ、……はは！」

やや間があってから、十貴田が笑った。それから、十貴田が「そうだな」と頷くと、巽は大げさなくらいに「わーい！」と喜んで見せた。どら焼きの店を指さして、十貴田の腕を引っ張っていく。

「久しぶりに見たよ、十貴田が笑った顔」

寿里は俺のそばにやってくると、そう言った。俺は十貴田があんなふうに声を出して笑ったのを初めて見た。その笑顔は、俺が想像するよりもずっと子どもみたいだった。これがきっと、いつか寿里が言っていた、ただのゲーム馬鹿の顔なのだ。

「よかったね、英二くん。自信出てきたんじゃない？」

「自信？」と聞き返すと、寿里は俺の肩を引き寄せ、耳もとに囁く。

「……きみはちゃんとかわいい、っていう自信」

「…………」

確かに、十貴田に対する不安は薄れていた。自分が十貴田にとって、ただの道具なんじゃないか、認めてもらえないんじゃないかという不安のことだ。それは、十貴田が俺に「口説いてやる」と言ったのを聞いても、どうしてかずっと拭えなかったものだ。

もっと胸を張っていいだろうか。俺は、十貴田組がゲームを作るのに必要だって。十貴田に口説いてもらうだけの価値がちゃんとあるって――。

「あ～っ、またBLしてる！　早く来てよ！」

遠くから巽が手招《てまね》きをする。俺と寿里は彼らのところまで走った。

「巽、大きい声でBLとか言うなよ……！」

俺が小声で指摘しても、巽はへらへらしながら「ねえ、どっちが受け？」と尋ねてくる。

こういうくだらない質問に乗るのは俺ではなく、決まって寿里のほうだ。

「愚問だね、子猫ちゃん。僕は総攻《そうぜ》めだよ、気をつけな」

「きゃ〜、寿里様かっこいい」

巽は嬉しそうに裏声を上げた。くだらない即興《そっきょう》コントだが、俺には寿里も巽も、どこか浮かれているように見えた。十貴田がもう今までの十貴田ではないことを、ふたりは喜んでいるのだと思う。

「……二人とも、専門用語に詳しすぎやしませんか」

「いや〜、オタクが自分だけだと思っちゃいけないよ、英二。この業界にいれば常識でしょ、自然に身に付いていくのよ」

「──くだらねぇこと言ってねぇで、行くぞ。どら焼きいくつ買うんだ」

十貴田の問いに、巽が大声で「六個！」と叫んだ。十貴田が「うるせぇ」と文句を言う。

なにげないことだったが、俺はそれが嬉しかった。

俺はこの日、ようやく十貴田組の六人目のメンバーになったのだと思った。


「──よう、英二」

「は……？」

土曜日の昼過ぎに家のチャイムが鳴り、玄関を開けたら、そこには十貴田が立っていた。

俺はつい今しがたまで寝ていたので、上下スウェット姿で、顔は洗っていないし、頭はボサボサだった。まだ寝ぼけているのかと目を擦《こす》ったが、やはり見慣れた玄関に、見慣れない男が立っている。その違和感に、頭の整理が追い付かない。

「え……は……？　いや、ちょっと意味がわかんないんですけど、え？　なんですか？」

「迎えに来た」

十貴田はしれっとそう言ったが、十貴田と遊ぶ約束はしていないし、今日は休日出勤の予定もない、ごく普通の休日で、十貴田の顔を見るはずのない日だったはずだ。

しかし十貴田は、呆然としている俺を少し笑って、片眉を器用に吊《つ》り上げて見せる。

「口説いてやると、言ったはずだ」

「…………それってつまり」

「デートしてやる」

一瞬、頭の中が真っ白に吹き飛んだ。両親が出かけていてよかった。もし後ろで聞かれでもしていたらと思うと、恐ろしいセリフだ。

口説いてくれるということは、俺を認めてくれたということだ。それは純粋《じゅんすい》に嬉しい。

だけど、まさか休日の昼間から外に連れ出されることになるとは、思ってもみなかった。

身支度をするのに外で待たせるのも気が引け、ひとまず十貴田を家に上げた。幸い部屋はさほど散らかってもいない。十貴田は俺の部屋をぐるりと見渡して「お前も大概だな」と言った。ゲームや本の山のことを言っているのだろう。勉強用に取り寄せた少女漫画や恋愛小説も、あちこちから付箋《ふせん》がはみ出た状態で山積みになっている。

「なんでうちの住所知ってるんですか」

慌てて着替えながら尋ねると、十貴田は「履歴書《りれきしょ》」とだけ言う。

「一言連絡くれればいいのに」

「それじゃあ、ゲームのイベント発生っぽさが出ねぇじゃねぇか」

「俺がいなかったらどうするつもりだったんですか」

「お前みたいなやつは、大抵昼過ぎまで寝てるって決まってんだよ。おい、中学生みたいな恰好《かっこう》すんな。こっちにしろ」

十貴田は俺のパーカーやTシャツをベッドに投げ捨て、クローゼットを勝手に漁り、シャツとコットンジャケットを引っ張り出す。

同性の上司と、ちょっと遊びに行くだけだ。歳もさほど離れていないし、はたから見れば妙な取り合わせでもない。だけど、服装に口を出されたことで、これはデートなのだと改めて突き付けられた気がして、妙な緊張感が走った。

見れば、十貴田も春らしい薄手のジャケットに白いパンツ姿で、普段と比べて小綺麗な服装だと気づいた。それに、記憶の中の十貴田よりも、心なしか襟足《えりあし》がすっきりしているように見える。散髪したてだろうか？　まさか、と思う反面、十貴田は女性をデートに連れ出すとき、こんな感じなのだと思うと、なんだか照れくさくて頬が熱くなる。

デートなんて何年ぶりだろう、いつかの俺はデートでなにをしたのだろう。突然の十貴田の来訪による混乱のせいか、ちっとも思い出せる気がしなかった。

けれど、そんな混乱と同時に、こうして慌てて出かける準備をして、言われた通りの服に着替えながら、俺は内心喜んでいた。いくら仕事の延長《えんちょう》とはいえ、十貴田は俺のために休日の時間を割き、迎えにまで来てくれた。十貴田にとって、それくらいの価値が俺にはあるということだ。

自分の部屋に立つ十貴田を横目で盗み見る。今日、この十貴田という男の謎がきっといくつか解明される。執筆中のシナリオも、ぐんと進むに違いない。当然、そのことにも胸が躍っていた。

「兄貴は今日はいねぇのか」

「混一はもう結婚して、とっくに出ていってますよ。子どももいます」

「そうか、残念だ」

「……あ、あの。今日って、俺を誘いに来てくれたんですよね？」

ゲーム好きとして、鳥々滉一に興味があるのは理解できる。けれど今日の十貴田は、滉一に挨拶するためではなく、口説いてくれという俺のお願いを叶えるために来てくれたはずだ。

「……なんだ、妬いたのか?」

「そういうんじゃ」と言い返したが、むっとしてしまったのは事実だった。

「いや、そうだな、今のは俺が悪かった。お前の言う通り、俺はお前を口説きに来たんだ」

「ええ?」

「英二。今日はお前に、俺という男の価値を思い知らせてやる。シナリオの餌になってやるんだ。お前もしっかり女になったつもりでついてきな」

十貴田の物言いはあけすけだった。一瞬言葉に詰まったが、俺はかろうじて「なに言ってるんですか、もう」と、おどけて返した。口説いてくれとお願いしたのは確かに俺だったが、それを後悔しそうなくらいに動揺してしまった。

しちりとの打ち合わせ以来、十貴田はたぶん、俺が知らなかったころの十貴田に戻った。

けれど、それにしたっていつもの不機嫌な態度からは想像もつかないほど、今の彼の表情や声は晴れ晴れとしている。その変化には、それを望んでいた俺のほうがついていけて

いなかった。

十貴田はいい男だ。均整のとれた長身、精悍な顔つき、色気のあるバリトン。筋金入《すじがね》りのゲーム好きなのは、俺から見ればプラスポイントだ。

こんないい男に、最初はキスを迫られた。そういう十貴田が、今日俺になにを見せてくれるのだろう――あらぬ妄想を始めそうな自分の頭を叱咤《しった》する。仕事モードに切り替えなくては駄目だ。遊びでデートをするわけじゃない。

準備を終え玄関を出ると、家のすぐ前には車が停めてあった。十貴田が助手席のドアを開け、乗れと促す。

「く、車持ってたんですか」

「いや、さすがに借り物だよ。姉貴の旦那《だんな》の」

東京の都心に住んでいて、しかも職場が徒歩圏内《けんない》では、車が必要になる場面はほとんどないだろう。それに、渋谷の駐車場が月にいくらかかるのかは、想像するだけでゾッとした。

「お姉さんいるんですね」

「ああ、姉貴と、妹がいる。両親が離婚していて、父親はいない。母親と姉貴の気が強いぶん、妹はまだかわいいな」

十貴田がそう答えながらアクセルを踏み、車が走り出す。「どこ行くんですか」と尋ねる

と、十貴田は俺を横目で見やって、「寝起きだろ、まずは飯」と言った。

「お前の兄貴はどんな感じだ？」

今度は十貴田がそう尋ねてくる。それは鳥々滉一がどういう男か、というよりも、俺にとってどういう兄なのか、という質問だった。

「八歳離れてるんですけど、小さいときからよく遊んでくれたし、いい兄貴ですよ。顔は俺と似てます。兄貴のほうが少し背が高くて、ガタイもいいかな。サッカーやってたし。性格は似てないですね、……ちょっと変人なんですけど、明るくて、友達がいっぱいいて、よくしゃべります。お嫁さんは、しっかりした人です」

「兄貴はモテるだろ、お前と違って」

「そうですけど、一言多いですよ」

「根っこからのエンターテイナーなんだろう。人を喜ばせたり驚かせたりすることが、自分の喜びなんだ。そういう人は男女問わずモテる」

「人の兄貴のことを、よくそんな知ったふうに言えますね」

「ゲームやってりゃわかるよ、それくらい」

十貴田の言っていることには同意できた。滉一の書いたシナリオには、深みはあっても必要以上の難しさはなかった。誰だって楽しく遊べるように、という配慮がある。それは十貴田が言う通り、滉一の性格の一部を表すもののように思えた。

シナリオには読み手がいる。紡ぐ言葉にも聞き手がいる。一見当たり前のことだったが、物を創っているとき、俺はときどきそれが見えなくなる。認められたいという自己顕《じこけん》示欲《じよく》が強く反映された作品は、どうしたってひとりよがりだ。

俺は心の中でもう一度、頭を切り替えなくては、と念じる。俺たちが作ったゲームをプレイするのは女性たちだ。その気持ちを、今日きちんと十貴田から学び取らなくてはいけない。

「お前、女を口説いたことないって言ってたろ」

ハンドルを切りながら、十貴田が言う。「言ってはないです」と言い返したが、「でも認めた」と切り返されてはぐうの音も出ない。

「女の気を引くには、手を尽くして笑わせる。だけど下手《したて》に出てご機嫌を窺うのは駄目だ。女に格下だと思われるとただの奴隷《どれい》に成り下がる」

「うわ、恋愛指南書《しなんしょ》でも読んだんですか？」

「これは母親と姉貴の教えだ」

思わず俺が笑うと、十貴田も「ふっ」と小さく声を漏らして笑った。十貴田が笑うのを見ると、なんだか息が詰まる感じがした。見てはいけないものを見てしまったような気分にさせられる。

「なんだ？」

「いや、その、なんていうか。十貴田さん、そんなに喋ったり、……笑ったり、するんですね」

「……お前、俺をなんだと思ってんだ。俺は普段からこれくらい喋るし笑うぞ」

どの口で、と思ったのが顔に出てしまったらしい。十貴田は「はは」と今度ははっきりと声を出して笑った。十貴田は意外にも、口をパカッと開けた、気持ちのいい笑い方をする。眉間の皺が消えないのは、十貴田らしいといえばそうだろう。

「指南書も読んだけどな、若いとき」

「うっそ」

「死ぬほど口説きたい女がいたんだ、そのころは。なんだってするさ」

なんでもない昔話だというふうに、十貴田はさらりと語った。けれど、俺の頭の中には指輪の女の姿が蘇ってしまう。

あの女は十貴田にとってどういう女なのか、今尋ねれば答えてくれるのかもしれない。けれど俺は口を噤んだ。せっかくのデートだ、十貴田が黙ってしまったら困る。あの子のことが好きなのだ、誰かのものでも気持ちは変わらないのだと聞かされたら、きっと俺が困ると思ったからだ。

「またすねてる」

「すねてないです」

「ヒロインとしての自覚があって、いいことだ」

俺は今ヒロインなのだ。だから兄や、指輪の女に嫉妬するのも仕方がない。そう思ったら、なんだか一層惨めな気分になった。十貴田は俺のものじゃない。今日だけ、俺のものなのだ。なんだか今はそのことが寂しかった。

しばらくして赤信号で車が一時停止したとき、十貴田はカーオーディオに自分のスマホを繋ぎ、音楽を再生させた。流れてきたのは、聞き覚えのある音楽だ。昔俺もハマったことがある、アクションゲームのＢＧＭ。デートの車内で流す音楽にしては色気のない、コミカルで明るいものだった。

「……馬鹿なんですか?」

「馬鹿でもなんでもいいんだよ、お前が笑うなら」

信号が青に変わる。十貴田は正面を向いたままそう言った。気分は確かに沈んでいたはずなのに、俺は口元がニヤつくのを押さえきれなかった。

十貴田は本当に俺を口説きに来てくれたのだ。誰かにしたことを、そのまま俺にするわけじゃない。そうでなければ、こんな音楽をかけたりしない。

「これ、おもしろかったですよね」

「ああ、バグ多かったけどな」

「わかります。最終ステージ一個手前のダンジョンの」

「「ドアで引っかかるやつ」」

声が重なり、十貴田はもう一度「はは」と声を出して笑った。こんな話題なら、指輪の女には負けないのにと思った。

ドライブ中は懐かしいゲームの話を散々して、少し遅めのブランチに向かった。今日は暑いくらいに天気がいい。十貴田に案内されるまま、洒落たオープンカフェに入った。大量のクリームが乗ったパンケーキに、目いっぱいのハチミツをかけて食べていると、ブラックコーヒーだけを頼んだ十貴田は、微妙な顔で俺を見ていた。

「一口いります?」

「いらねぇよ、気持ちわりぃ」

お洒落なカフェにはひとりで入れないし、一緒に行く彼女もいない。一度食べてみたかったエグいパンケーキを食べられて、俺はかなり満足していた。

「よく食えるな」

「俺、今ヒロインになりきってるんで。女子力高くないですか?」

「これを女子力って言うなら、食う前に写真撮ってSNSにアップするべきだったな」

「あ、忘れてた。まあ俺SNSやってないですけどね」

十貴田は甘いものはさほど得意ではないらしい。それから、顔に似合わず酒もほとんど飲まないそうだ。煙草も最近は減ったという。理由を聞いたら「高ぇから」と、至極庶民《しょみん》的

な返答をもらった。

十貴田は当たり前みたいに、俺がトイレに席を立っている間に会計を済ませていた。もし自分が女に生まれていたら、こういうことがよく起きるのだろうか。なんだか感動してしまった。

カフェを出たあとは、もう一度車に乗り込む。車は横浜方面に向かっているようだった。みなとみらいに差し掛かり、海が見えると自然とテンションが上がった。

「十貴田さん、横浜の人なんですか？」

「いや、川崎。でも学校が横浜だったから、よくこっちまで遊びに来てた」

「ああ、川崎のヤンキーだったんですね」

「誰がヤンキーだ。ガリ勉だったぞ、俺は」

「嘘だぁ」

「…………まあ、嘘だな、今のは」

車を停め駐車場を出た。俺が横浜に来たのは初めてだと言うと、十貴田はみなとみらいの主要なスポットを案内してくれた。家を出るとき、十貴田は俺がスニーカーを履くことを許してくれたが、意外と歩くこともあってのことだったようだ。

「女相手にこんなことはしねぇからな、普通は歩かせない」

十貴田はまるで恋愛の先生みたいだった。周囲を見やれば、確かに若い女の子たちはみ

んなヒールを履いている。歩きたくないのは女のワガママではなく、歩かせないのが男側の配慮なのだと知った。観光案内も、俺が望まなければ、十貴田はほかのプランを出してくれたのだろう。

展望台、ショッピングビル、公園、美術館を回り、遊園地では観覧車に乗った。男ふたりで観覧車なんて馬鹿げていたが、そういう馬鹿げたことができるのが、男ふたりのいいところだとも思った。

あちこち歩き回り、日が暮れてきたころ、カフェでコーヒーを買って海沿《ぞ》いの芝生《しばふ》の上に座って過ごした。揺れる海の表面を見ていると、心が穏やかになった。俺と十貴田の会話は懐かしのゲームから、最近のゲームの話に移り変わった。色気はないが、退屈《たいくつ》しないし、永遠にしていられると思った。

東の空が暗くなると、みなとみらいに灯《とも》る光たちが、夜の闇を跳ね返すように輝きだす。十貴田はこの夜景については「定番だから一応な」と言った。そう言われるだけあって、いつの間にか周囲にはカップルが何組も集まっていて、身を寄せ合い、俺たちと同じ景色を眺めていた。

どのカップルも、自分たちだけの世界に浸《ひた》っている。俺たちのことなんて気にも留めない。わかっているけれど、なんとなくいたたまれない気持ちになった。それに気づいたのか、十貴田は「行こうか」と静かに言った。俺がもし女だったら、十貴田はもう少しここに

いようと言っただろうか。肩を抱いて、引き寄せて——なんだか今日は、不毛《ふもう》な妄想ばかりが頭をよぎる。

デートも終わりだ。知らない土地をリードされて歩くのは楽しかった。合間《あいま》にするのはゲームの話だったし、なにかを見てなにかに例えるのもゲームの話で、ときどき漫画の話を挟んだ。我ながら馬鹿だと思いはしたが、俺と十貴田のデートはそれで充分だと思えた。

このまま時間が経てば、自然と夜は深くなっていく。お腹もすいたし、たくさん歩いてそろそろ俺の脚も限界《げんかい》だ。十貴田だって疲れているはずだし、ここからまた車を運転して帰らなくてはいけない。

「十貴田さん。ラーメンでも食って帰りますか」

そう提案したら、十貴田は俺のことを不思議そうに見つめた。

「なに言ってんだ、お前。まだ終わりじゃねぇよ」

「は？」

その足で連れられたのは、高層ホテルの上層階にあるレストランだった。

上品なホールスタッフに案内された席は、みなとみらいの夜景を見下ろせる窓際だ。まさかこんなところにまで連れてこられるとは思っていなかった。緊張で血の気が引き、黙ったまま、おとなしく椅子に座った俺を見て、十貴田はニヤニヤと笑っている。

周囲は身綺麗なカップルや、品のいい老夫婦ばかりだ。かろうじて女子会みたいな集まりはあったが、男ふたりの客は俺たちだけだった。

普段と比べれば綺麗めとはいえ、自分の身なりが浮いているように思え、妙に落ち着かない。この店も、よくスニーカーの俺を通してくれたものだ。もっといい服を着てくればよかったと思いはしたものの、そんなものは俺のクローゼットには入っていない。

そんな俺をよそに、十貴田がスタッフと二言三言言葉を交わすと、シャンパンのグラスと、フレンチのオードブルが運ばれてくる。スタッフがなにやら説明をしたが、その言語も、皿の上の品も、お洒落すぎてどんな料理なのかまったくわからなかった。

その上、ナイフとフォークの使い方には自信がない。カトラリーは外側から使うんだっけ？　と俺が悩んでいるのを見かねてか、十貴田は「俺しか見てねぇ、好きに食えよ」と言ってくれた。こういう男同士の気安さには救われる。

適当に取ったフォークで口に入れた、なんだかわからない料理は、食べてもなんだかわからなかったが、美味しいことに間違いはなかった。

「おいしいです、こんなうまいもん、食ったことないです」

口の中に物が残った状態で、ついそう口走った。そんな俺を十貴田は困ったように笑って、「大げさだな」と言った。優しい声色に、胸がきゅんと音を立てた。俺が喜んでいるのを見て、十貴田がほっとしたのが、なんとなくだがわかったからだった。

その後メイン料理を経て、デザートにたどり着くころには、お腹も満たされ、店の雰囲気にも慣れていた。周囲を気にせず、子どものころに流行った遊びや、好きな映画の話で盛り上がっていた。

そんな折、十貴田は思い出したように自分のポケットの中を探った。そして「ん」と差し出されたのは、一枚のメモ切れだった。会社のサーバーフォルダのアドレスと、謎の文字列が記載されている。

「な、なんですか、これ」

「前のプロジェクトで、岩瀬さんに書いてもらったシナリオが入ってるフォルダの場所と、パスワード」

「ええっ？」

「寿里がお前に話したって……」

「……！」

十貴田が以前、Aスタジオで作っていたゲームの、シナリオデータだ。十貴田と目が合うと、彼は唇の端を吊り上げて「非公開のラストまである」と言った。メモを握る手が震えた。

「こういうレストランに来たんだ。プレゼントのひとつやふたつ挟むもんだろ？　お前が一番喜びそうなもんっていやぁ、これだろ。まあ、金はかかってねぇけど、……レアはレ

アだ。会社で見ろ。データ持ち出すなよ」

「すごい、……早く会社いきたいです……っ」

今同じ空間にいるどの女性にも、この紙切れはただの紙切れに過ぎない。だけど俺にとっては最上級のプレゼントだ。ずっと気になっていた。十貴田が世に出したかった物語が、いったいどんなものだったのか。

「お前、今めちゃくちゃニヤニヤしてる」

「へへ、だって……」

これでも我慢しているほうだ。本当なら飛び跳ねたいくらいに嬉しかった。このシナリオが読めることだけじゃない。十貴田が、俺が喜ぶものを心得ていることと、俺がどうしたら喜ぶのか、考えた時間があることが嬉しい。

想われるということは、こんなに嬉しくて、ニヤニヤが止まらないことなのだ。俺は周囲にいるカップルが俄然《がぜん》羨ましくなった。彼らは普段から想い合い、こんな楽しい気持ちを分け合っているのだ。

デザートを食べ終えると、レストランを出た。やはり会計はいつの間にか済んでいて、いくらかかったのかはわからずじまいだ。十貴田に悪いと思ったが、それを伝えると嫌な顔をされた。「俺がいくら稼いでると思ってる」と言い返されたら、俺も嫌な顔をしてしまった。「知るか」と言ったら十貴田は笑っていた。

「今日はありがとうございました。おいしかったです、お腹いっぱい」

　エレベーターが来るのを待っている間、そう伝えた。だっていよいよデートは終わりだ。休日を費やして、事前に店の手配までして、お金だってかかっている。俺は十貴田に、それだけの期待をかけられていることに、身が引き締まる思いだった。

「尽くされる気分はどうだ?」

「すげぇ気持ちいい」

　相手が十貴田のような男なら、なおさらだ。レストランの客の中で、十貴田が一番いい男だった。俺が女なら、きっと鼻高々だっただろう。本当なら、腕を組んで、見せびらかしながら歩きたいくらいだ。

　世の女性たちは、こうやって男に尽くされる。価値のある女性なら、そのぶんの扱いを受けている。たとえば絹子のような美人なら、こんな店で食事をして、プレゼントのひとつやふたつ貢がれることが、当たり前に起きていても不思議じゃない。彼女にはうまくあしらわれ、はぐらかされるような気もするが、今度聞いてみるのもおもしろいかもしれない。

　エレベーターの扉が開き、俺と十貴田は中に乗り込む。俺が一階のボタンを押すと、横から十貴田の腕が伸びてきて、中途半端な階のボタンを押した。ボタンの横には――客室、と書いてある。

その意味を理解するよりも早く、十貴田のバリトンが「誰が帰すって言った?」と囁いた。

「え……っ?」

見上げた先の十貴田は、ふんと鼻を鳴らして笑った。

「——すっごい部屋。ここまでしますか、普通?」

呆れ半分、感動半分の顔の俺を見て、十貴田は「はは」と口を開けて笑う。

「一回やってみたかったんだよ、ここまで」

まさかとは思ったが、十貴田は客室の予約まで取っていた。だだっ広い部屋は、オーシャンビューのスイートだ。ゴチャゴチャした調度品のないシンプルな内装、ピンと張ったベッドシーツの清潔さが眩しい。それから、大きな窓に向かってキングサイズのベッドが設置されている。当然、窓の外には横浜の夜景が広がっていた。

「男って、こういうことしなきゃいけないんですか、現実に、マジで」

「するやつはするだろ」

十貴田はしれっとそう言ったし、実際に十貴田はこれができる男なのだ。俺には無理

だ、到底できそうにない。これだから非モテなのだという自覚はあるが、やったところで決まらない気もした。なにせ身の丈に合っていない。即席で作った脳内彼女には、即刻「無理しちゃって」と笑われてしまった。

十貴田はようやく気が抜けたのか、ジャケットを脱ぎ椅子の背もたれに適当にひっかけると、ベッドの上に身を投げた。

「女は、こういうサプライズは意外と嫌がるんだよ」

「ええっ、そうなんですか？　こんなにすごいのに？」

「急に迎えに行けば化粧してねぇ、服が決まらねぇで文句言うだろ。予告せずに一泊させるなんてもってのほかだ。着替えはもちろんだけど、スキンケア用品とか、化粧品とか、ああいうもんの用意がいるんだってブチ切れるからな」

十貴田はふーっと深いため息を吐き、「男だと楽だ」と付け足した。

男がこれだけのことをしても、喜ばない女性が存在するとは思いもしなかった。ドラマや映画の中で起きるような、ロマンチックなことをどんなに並べても、それは意外と男の自己満足にすぎないのかもしれない。

「そっか。俺、女の人のそういう都合のことなんて、考えたことありませんでした。言われてみれば、そうですすね」

人を喜ばせるのは――楽しませるのは難しい。俺がシナリオを介して向かい合うのは、

まだまだ謎多き女性たちだ。もっともっと彼女たちのことを考えて、彼女たちの立場になって、話を書き進めていかなくてはいけない。

けれど、俺はもし洋服が決まらなくて、お泊り道具を持っていなくたって、好きな男にこんな部屋に連れてきてもらえたら、嬉しいはずだと思った。

「なんだ、つまんねぇ顔して」

十貴田がそう言った。外の景色を眺めているつもりだったが、窓ガラスは部屋の様子を映している。ガラス越しに十貴田と目が合った。俺は頭を掻き、「いや」と一瞬言い淀《よど》む。

「俺、普通の人がやってることを、なにもやってないんだなって思って……」

それは、会社の給湯室で巽に迫られたときにも感じたことだ。みんな当たり前みたいに誰かに恋をして、その恋を実らせる努力をしたり、技を身に着けたりしながら大人になっていく。今でこそ硬派ななりの十貴田だって、思春期はあって、指南書を読むほど手に入れたい女性がいたのだ。そして俺は、そうやって恋愛をしてきた十貴田たちのことを羨んでいる。

俺は恋をしてこなかった。今日こうして十貴田にされること全部を、手放しで喜んでいる。そのことが少し恥ずかしくて、寂しかった。

人見知りだと言い訳をして、他人といい人間関係を築けないと諦めていたけれど、もしかしたら、努力次第では、俺にも違った人生があったのかもしれない。時間が巻き戻らな

いことは知っている。それでも、時折そう思わずにはいられなかった。

そのとき、ベッドのスプリングが軋《きし》み、弾みをつけて十貴田が起き上がる。俺のすぐそばまでやってきて、彼は「べつにいいじゃねぇか」と言った。

「普通のやつらが普通のことをしてる間に、お前はずっと、普通のやつらがしてない特別なことをしてたんだろ」

「特別なこと……？」

見上げて聞き返すと、十貴田は俺の目を見て、眉間に皺を寄せたまま、困ったように笑った。

「俺がわざわざ口説いてやってんのに、自覚がないのか？」

それはどこか核心《かくしん》めいた口調だ。けれど、俺は今まで、彼が言う特別なことなんかしてこなかった。毎日毎日、本を読んでゲームをして、頭のてっぺんから足のつま先まで、ファンタジーの世界の住人だった。友達もほとんどいない。でもそれでよかった。紙とペンがあって、パソコンがあって、そこに自分の世界は確かに存在した。

物語を書き連ねていく、紡ぎ、生み出していく。俺の人生は、ただひたすらにそれだけだった。いつもひとりだった、けれどべつに寂しくはなかった。なによりもそれが好きだったからだ。

「お前がやってきたことは、特別だよ」

十貴田はその低いバリトンで、もう一度念を押すようにそう言った。

学生時代、陰で誰かが言っただろう。鳥々英二は小説なんてものを書いている、暗くてオタクで、友達もいない、寂しいやつだと。父親は無理だと言った、兄のようにはなれないと。俺だってわかっていた、俺は滉一とは違うって。

そういうものに追いかけられながら、前だけを見て、好きなもののために時間と労力を捧げ、積み重ねてきた日々は、特別だったのだろうか。

「その特別の積み重ねのおかげで、今のお前はシナリオが書けてる。なにも間違っちゃいねぇよ」

十貴田だけだ、俺の人生を特別だと言ってくれるのは。

十貴田だけだ、俺の埃に塗れた小さな価値を、見つけ出してくれたのは。

「…………っ」

眼球の裏がかーっと熱くなって、その奥から涙の波が押し寄せてくる。あっという間に目の前が潤んで、夜景に灯る光の粒たちが、闇に滲《にじ》んだ。俺が泣くのを見ても、十貴田はなにも言わなかったし、驚くでも、困るでもなかった。

ただ彼の熱いくらいの掌が、俺のうなじを引き寄せた。十貴田が少し背中を丸める。

ゆっくりと唇が近づく。あの夜とは違う、奪うような強引さはない。優しく慈しむような――だけど、こつんとぶつかったのは、唇ではなく額だった。

「……泣くなよ、本当に慰めたくなる」

そう言って小さく笑った十貴田の吐息が、俺の唇にかかった。俺の髪をくしゃりと撫でて、離れていこうとする十貴田の服を、咄嗟に掴む。

「慰めてください……っ」

蚊《か》の鳴くような声だった。そう言うのが精いっぱいだった。

十貴田は一瞬目を丸くして、それから「はは！」と歯切れよく笑った。そして、俺の頭をくしゃくしゃにかき混ぜてから、十貴田は黙って、俺を包み込むみたいに抱きしめてくれた。

「…………っ」

いつか抱きしめてみたいと思った背中に、腕を回してぎゅっと力を込めたら、十貴田の手が俺の背中を撫でてくれる。十貴田は意外と着痩せするらしい、彼の身体は思っていたより厚みがあって、温かくてほっとした。

それは恋人の抱擁《ほうよう》なんてロマンチックなものではなかった。ぐずる幼い弟をあやす、兄の手つきだった。俺はそれでもよかった。十貴田は俺を認めてくれた、俺ですら信じられず、不安になった俺のことを、特別だと言ってくれた。

それでも涙が流れるのは、喜びの反面、やはりどこか虚しかったからだ。十貴田は仕事のために俺を口説いてくれたに過ぎない。そして十貴田の心が、ほかの女に向いているの

を知ってしまっている。

「……俺は言葉を並べたりしない。ベラベラ喋るのは自信がない男のやることだ」

十貴田は俺をあやしながら、静かに言った。口説いてくれと初めて彼に頼んだ、あの夜にも聞いたセリフだ。

「でも、絶対にうやむやにしないで、はっきり言葉にしなきゃいけないことがある」

やや間があってから、やがて甘やかな言葉が耳元で溶ける。

「――好きだよ、英二」

その穏やかな深い声色に、全身が粟立ち、脊髄の奥がジンと痺れた。勘違いしそうになる、信じてしまいそうになる。だけどこれは、十貴田が今日のために用意した〝口説き文句〟だ。

巽や寿里はすぐに冗談だと言ってくれた。だけど十貴田は、それ以上はなにも言わなかった。彼が言った『好き』は、じわりじわりと俺の身体に染み込んで、俺の心を蝕《むしば》んでいく。その苦しさで、余計《よけい》に涙が流れた。

ひとしきり泣いたあとは、泣きつかれてへとへとになった。昼間の疲れもあって、急激に眠くなった。順番にシャワーを浴びて、大きなベッドにふたり並んで入るころには、俺も目が合えば笑うくらいの余裕をかろうじて取り戻していた。

「腕枕でもしてやろうか」

十貴田はそんな冗談を言った。ともすれば甘えてしまいそうだったが、デートごっこはもう終わっている。俺は「勘弁してくださいよ」と笑って誤魔化した。

ベッドは俺たちふたりが並んでも、ちっとも窮屈《きゅうくつ》な感じはしなかった。もっと十貴田とゲームの話がしたかったけれど、すべすべのシーツの手触りが気持ちよくて、俺はすぐに眠りに落ちた。

ふいに意識が浮上したのは、隣の十貴田が寝返りを打つ振動を感じたときだった。枕元に置いたスマホを見ると、時刻は深夜二時。窓の外の光の粒も少なくなっている。

「…………」

俺は身体を起こした。ベッドの上を芋虫《いもむし》のように這《は》いずって、十貴田のもとへ移動し、その顔を覗き込んだ。

十貴田は仰向けで眠っている。寝顔にはさすがに眉間の皺はなかった。ほんの少しだけ開いた唇は、つんと上向きに上がっている。十貴田がいつも不機嫌そうに見えるのは、この唇の形のせいかもしれない。

――この唇と、キスがしてみたい。

漠然と、そう思った。何度も触れそうなほど近づいたのに、俺はこの唇を知らないのだ。そう思ってから、ゆっくりと顔を近づけ、唇を合わせることに、不思議なほどに迷いはなかった。

十貴田のつんと尖った唇に、自分の唇がくっついた瞬間、ふわっという感触がした。それは意外なほど柔らかくて、しっとりしていた。そうして唇を触れ合わせている数秒の間、静かな部屋が一層しんと静まった気がした。どうしてか、今は心臓の音すらもさして大きくはなかった。

口を塞がれる違和感に、十貴田の眉間にきゅっと皺が寄る。

はっとして唇を離したとき、

「サユキ……」

十貴田の唇がわずかに動き、そう囁いた。

全身の血の気が引く、ざーっという音が聞こえた気がした。十貴田が口にしたのは、女の名前だと思った。そう思ったら、いっきに目の前が滲んで、涙が溢れ出てきた。

ヒロインの名前はサユキだ。

茶色のセミロング、華奢な手足、水色のワンピース、左手の薬指に指輪をつけた――十貴田が、死ぬほど好きになった女の名前だ。

俺は眠る十貴田を置いて、ホテルの部屋を出た。

真夜中の知らない街で、道もわからない。スマホのマップを開いて駅までたどり着いたが、当然終電は過ぎていた。

最悪の気分だった。最悪の気分を胸に抱えたまま、調べて出てきた一番近くの漫画喫茶

に駆け込んだ。こんなにもどうしようもない気持ちなのに、身体は勝手にパソコンに向かっていて、馬鹿みたいにシナリオを書き殴っていた。

物語の中で、トキタの謎は次第に解き明かされ、心を開いていく。

——俺にではない、指輪の女・サユキにだ。

明け方になると、スマホに何度も着信があり、ディスプレイには十貴田政宗の名前が光った。けれど出られなくて、放っておいたらやがて充電が切れて静かになった。

「う……っ」

俺はキーボードを叩きながら、何度も泣いた。泣きすぎて、眠くて、疲れて、頭がガンガン痛むし、目の前は霞《かす》む。だけどやめられなかった。

馬鹿みたいだ。

何度も何度も、俺が女だったら、トキタのヒロインだったら。そんなことばかり空想しておきながら。出会ったその日から、今までずっと、十貴田のことばかり考えておきながら。

なにが疑似恋愛だ。そんな器用な真似が、俺にできるわけがなかった。俺の中に、ヒロインを作り出せるわけがなかった。わかっていたはずなのに、往生際《おうじょうぎわ》悪く、俺はまた目を背けていたのだ。

俺は十貴田に恋をしている。

俺の中のヒロインは、ずっとずっと〝俺そのもの〟だった。

唇にはキスの感触が残っている。十貴田にもらったキスじゃない。自分で勝手に奪ったキスだ。

心臓が痛くて、息ができなかった。

世界中を探しても、こんなに苦しいことはないと思った。

4

オフィスで顔を合わせると、十貴田は眉間に皺を寄せ、大きくため息を吐いた。そして低い声で「いい度胸だな」と呟いた。

結局、スマホに届いた十貴田からの連絡に、一度も返信をせず今に至る。昨日、日曜日の日中にも何度か着信があったが、それも出ることができないままだった。出社するのも悩んだくらいだ。とにかくまだ、十貴田の顔を見たくなかった。

それでもなんとか出社したのは、今日の明け方までかけて書いたメインシナリオを、十貴田に提出する義務があるからだった。俺は「ちょっといいですか」と十貴田に声をかけ、手近なミーティングルームに入った。

「これ、書きました……、最後まで」

シナリオを印刷した紙束を、テーブルの上に置いた。

「ほかに言うことはねぇのか」

十貴田は腕を組み、俺を睨んでいる。十貴田が怒っているのは当たり前だった。夜中のうちにホテルから消えて、上司からの連絡を無視し続けていた。それについては弁解の余地もない。俺はなんとか声を絞り出し「すいません」とぽつり謝った。ただ、十貴田が聞き

たいのは謝罪の言葉ではないということも、本当はわかっている。わかっていたが、ただそれしか言えなかった。

「あの、俺……」

「なんだ」

「……俺、これがもし通って、メインシナリオの作業終わったら、辞めます」

ややが間があってから、十貴田が「ああ?」と顔をしかめる。

「十貴田組、辞めます」

「辞める?　……馬鹿言え、お前が必要だ」

「……っ」

必要だなんて言わないで欲しかった。顔が熱くなって、喉の奥がぎゅうっと苦しくなって、目の前が滲んだ。今必死で平静を装って、押さえつけている泣きたくなるような気持ちが、胃のあたりからせり上がってくる。

やるべき仕事を終えたら、十貴田組を辞めるべきだ。もう少しゲーム制作が軌道に乗れば、おそらくチームメンバーを増やすことになるだろう。もともとプランナーとしては無力の俺がいなくなったところで、十貴田組はなんの問題もなくゲームを作れる。

俺が黙り込むのを見て、十貴田は俺が言ったそれが、冗談ではないとわかったのだろう。腕を掴まれ、強引に身体を向き合わされた。

「お前、急にどうした。ホテルから、どうして勝手に帰ったりした。どうして連絡をよこさない、電話にも出ない。心配したんだぞ」

「離してくださ……っ」

十貴田といると息が苦しい。見つめ合うだけで泣きたくなる。抱きしめられた体温や、優しい言葉や、子どもみたいな笑い顔を思い出して、勝手に奪ったキスの感触を思い出して、自分が惨めでいたたまれない。

「あの日、俺がなにかしたか。なにかしたなら、謝るから」

「ちが……っ」

十貴田はなにも間違っていない。謝ってなんか欲しくなかった。余計に惨めになるだけだ。

「……十貴田さんには、わかんないですよ……！」

十貴田にはわからない。かっこよくて、仕事ができて、自信があって、いきなりキスを迫れるような、そういう男にはわからないのだ。

オタクで、モテなくて、この歳になってようやく恋を知った俺のことなんて——俺にだってわからない。芽生えてしまったこの気持ちを、自覚してしまったこの気持ちを、どうしたらいいのか。

「なにから逃げてる」

十貴田が言った。その目に見つめられて、好きだって気持ちが溢れ出してくる。

こんな気持ちは嫌だ、苦しい、恥ずかしい。口説かれて、その気になって、好きになったなんて、こんな馬鹿なことを知られたくなかった。こんなに情けないことを、知られたくなかった。

俺は十貴田から逃げたいのだ。走って走って、十貴田のことを振り切って、十貴田の前から消えていなくなってしまいたい。

「やだぁ、離して……っ」

みっともない涙声で訴えたら、十貴田がようやく俺の腕を解放した。十貴田の胸を押しのけて、ミーティングルームを飛び出した。これ以上そばにいたら、口にしてしまうと思った。十貴田に伝えてしまうと思った。思ったことをすぐに口に出してしまう、身勝手な自分の口が怖かった。

そのままオフィスフロアを飛び出すと、ちょうど寿里が出勤して来たところだった。急停止できず勢いのままぶつかる瞬間、彼としっかりと目が合ったのがわかった。

顔を見られた、と思ったら、抱き留められてしまい、俺はそのまま寿里を突き放せなくなってしまった。普段から、彼に甘やかされることに慣れすぎているせいだ。

「うわっ、なに？　どうしたの？」

「寿里さん、俺辞めます……っ！」

「な、なにを……?」

「十貴田組辞めますっ!」

叫んだら、寿里は俺の背中をぽんぽんと叩いて「なに、また十貴田がなんか言った？」と尋ねてくる。俺はぎゅっと寿里に抱き着いたまま、鼻を啜《すす》った。大きく息を吸い込んだら、もう我慢が出来なくなった。

「寿里さん、どうしよう……っ。俺、十貴田さんのこと好きです……っ」

「はあ？　なに、どういうこと？」

今はちょうど出勤時刻だ。困惑する寿里の向こうでは、ほかの従業員たちが俺たちの様子を不思議そうに見ながらオフィスフロアへと入っていく。そしてその中に、巽、ありす、絹子の姿があった。

「あ～っ、また抜け駆けしてる！　交ぜて交ぜて！」

「なにやってんの、キモ……ッ」

「あらあら、どうしちゃったの？」

十貴田組のメンバーに囲まれ、へらへらした巽に頭を撫でられる。ありすはツンとしているが、意外とこれで俺を心配してくれているとわかっていた。相変わらずにこにこした絹子は、どうかわからなかったけれど。

十貴田と一日デートした、と聞いて、巽は腹を抱えて大笑いした。

俺たちは五人でオフィス近くのファミレスに移動した。隅のテーブル席に着くと、身を寄せ合い、事の経緯を話すはめになった。なかばヤケクソで話したとはいえ、巽の笑いっぷりを見ていると、俺も一周回って笑いたくなった。

なかなか出勤してこないメンバーを怪しんでか、寿里のスマホには十貴田から連絡が入ったようだが、寿里は「うるさいな、今ちょっと緊急事態なんだよ！」とだけ言って通話を切った。

デートの詳細《しょうさい》は省《はぶ》いた。もちろんキスをしたこともだ。けれど話がホテルのレストランや客室にまで及ぶと、全員がさすがに信じられないという顔をした。

「それで、好きになっちゃったの……？　疑似じゃなくて、ホントに？」

「たぶんですけど、その前からずっと好きは好きで、自覚したのがその日って感じですかね……」

言いながら、テーブルに肘をつき、頭を抱えずにはいられなかった。自分はいったいなにを喋っているのか、と思いはしたが、あとの祭りだ。

「その、英二くんのそれって、もともと？」

「いや、ゲイではないと思ってました。でもまあ正直あまり恋愛経験もないし」

ギャルゲーもエロゲーもするが、実際の恋愛経験はほとんどない。自分でもまさか男を好きになるとは思っていなかったが、自分の中に必死にヒロインを作り出そうとしていたころを思えば、あまり不思議でもなかった。シナリオを書くためとはいえ、十貴田と恋愛をすることばかり考えていたのだから。

「ありすちゃん、BLも好きでしょ」と巽がからかうように言ったが、ありすはジュースを啜り「いや、三次はちょっと」と平然と言うだけで、俺に対して特にコメントはない。いっそいつも通り馬鹿にされて罵《ののし》られたかった。

「ちなみに十貴田のどこがいいの？」

「えーっ、えーっと……、一緒にいて、楽しいところですかね……」

ずっと閉じられていた十貴田の心を開くのは楽しかった。彼の秘められた笑顔を見るたびに嬉しくなった。ゲームの話をしている間は、ずっと一緒にいる長年の友達みたいに楽しい。そして彼とゲームを作るという仕事を、今は心の底から楽しんでいた。

そんなことをひとつひとつ思い出しながら、十貴田組を辞めたら、そういう気持ちは薄れて、いつか消えてしまうのだと思った。

「しかし、いくら仕事の延長とはいえ、なんだか意外だな」

寿里は神妙な表情で言い、唸る。

「僕、十貴田とは付き合いが長いつもりだけど、一緒に遊んだことなんかないよ。誘っても断られるんだよ。理由聞いたら、大抵やりたいゲームがあるって……」

「うわ、クソみてぇな理由っすね」と巽が笑う。

するとと今度は、絹子がにこにこと底が知れない笑顔で口を開いた。

「じゃあ、十貴田さんも英二くんのこと好きなんじゃないの？」

「また突飛な……」

「だって、よっぽど気に入っていないとそこまでしないだろう、っていうのが寿里くんの見解なわけでしょ？」

続けて、「当日の十貴田さんって、どんな感じだったの？」と、ありすが尋ねてきた。

「どんな、って……、や、優しかった、かな」

「どんなふうに？」

「ええっと、……カノジョ扱いされる感じ……？」

「ふうん、十貴田って英二くんに優しいんだ？」

僕の誘いは断るのに、と寿里は不満げだ。

「やっぱり好きなんじゃない？」

改めて絹子は言った。リア充の彼女は交友関係も広そうだったし、偏見《へんけん》がないのはありがたいが、もう少し男同士だということに疑問を持ってもいいのではないだろうか。

「ち、違いますよ。第一、十貴田さんには、好きな子がいるんですよ」

「えっ、初耳《はつみみ》。それゲームのキャラとかじゃないよね？」

「寿里さん！　立体ですよ、かわいい子です。十貴田さんをなんだと思ってたんですか！」

「わ〜、しかも見たんだ」

「はい……、抱き合うみたいなところ見ちゃって……」

さすがにくだんの彼女が、左手の薬指に指輪をしているとは言えなかった。十貴田がしているのが許されない恋なら、むやみに知られたくはないはずだ。半面、なら会社の真ん前で抱き合うな、と怒りも込み上げてきたが。

「名前は、サユキちゃんです……」

実際に声に出してみると、余計に凹んだ。項垂れた俺を見て、寿里はため息を吐く。

「まあ、よくわかったよ。英二くんは、それで辞めるなんて言い出したんだね」

「……すみません、俺、こんなことで取り乱《みだ》して」

情けないと思われても仕方のないことだ。そういう自覚もあった。会社の同僚を好きになるなんてことは、ごく一般的な出来事にすぎない。性別の壁はあるにしろ、それでそばにいるのがつらい、だから辞めたいだなんて、あまりにも幼稚《ようち》だ。

「でも俺、やるべきことはやろうと思ってます、ちゃんと……」

俺がそう言うと、なんとなく空気が重くなり、誰もなにも言わなくなった。みんな大人

だ、仕事さえきちんとこなすのであれば、言いたいことはそれぞれあれど、強くケチをつけることはしないのだ。

　メインシナリオについては、請けた仕事だ。作品に対する愛着《あいちゃく》もある。やり遂げようと思った。けれど、もともとただの出向の身分だ、必要以上に十貴田にかかわるのはもうやめよう。

　そもそも、今までの関係がおかしかったのだ。十貴田を追いかけて、認めてほしくて、俺を見てほしくて、彼の心に土足で踏み込んだことだってあった。そんな過去の自分が、なんだかすごいなと思えていた。

「すいません、みなさん。そろそろ戻りましょう」

　俺が言うと、「そうだね」と寿里がひときわ優しい声で言った。その響きに、なんだかまた泣きたくなった。

　ホテルから逃げたことや、今朝のことについては、なにか理由を作ろう。俺のことを心配してくれた十貴田に、失礼な態度をとったことも、謝らなくてはいけない。

　もし好きだと伝えたら、十貴田はどんな顔をするのだろう。それを考えないわけではなかった。困らせるだけならまだいい。けれどもし、気持ち悪いと思われたら立ち直れない気がした。

　寿里も巽も、冗談だから、仕事だから俺を口説いてくれたのだ。そして今、俺が十貴田

への気持ちを打ち明けても嫌な顔をしないのは、しょせん他人事だからだ。俺の好意の相手が、自分ではないから涼しい顔をしていられるのだ。逆の立場だったら、きっと俺も同じような態度をとると思った。

ファミレスを出て、渋谷の人混みを掻き分けながらオフィスへと向かった。ふいに、ありすが俺の隣に並ぶ。そして俺の顔をちらりと見上げて、唇を尖らせた。

「好きで好きで、しょーがなくなるときってあるよ」

「ありすもあるの？」と聞いたら、彼女は「うん」と頷き、「だから謝らなくていいよ」と続けた。いつも辛辣な彼女に、こんなふうに慰められるとは思ってもいなかった。

「ありがとう、ありす」

「感謝なんかしないで、気持ち悪いから」

そう言ったありすは、少しだけ笑っていた。クールな彼女にも、そういう恋に心を乱されたことがあるのだ。そういう気持ちを、ただわかると共感してもらえたことに、俺はなんだか救われた気になった。

つらくて、苦しくて、散々泣いて、それでも今日、こうして寿里たちが俺のために時間を割き、話を聞いてくれた。ひとりだったら、きっとこんなふうではいられなかった。心がボロボロになって、息が出来なくなって、死んでしまうところだった。十貴田組のみんなのことが、どうしようもなく好きだと思った。

オフィスビルの手前までたどり着くと、少し前を歩いていた巽が慌てて引き返してきた。俺の腕を引っ張り、「ねぇ、ヤバい！　英二、あれ！」と小さく叫ぶと、顎をしゃくった。促されるままビルのエントランス前を見やって、ぎょっとした。

「ねえ、あれ、十貴田さんと、ねえ！　あれ？」

巽は俺の背中をバンバンと叩きながら、興奮気味に尋ねてくる。エントランスには、以前にも一度見たのと似た光景が広がっていた。十貴田と、くだんの女が向かい合ってなにか話している。彼女はやはりどこか困り顔で、十貴田になにやら訴えているようだった。

「ほんとだかわいい」「でも指輪してる」「不倫《ふりん》？」と、俺の背後では次々に言葉が飛び交った。

平日の昼間だ。しかもまだ正午も回っていない。こんな時間に、人妻がわざわざ十貴田のところへやって来るなんて、それも、こんなにも堂々とオフィスの真ん前で――嫉妬のせいか、彼女の常識だって疑ってしまう。

「英二、いいの？」

ありすの短いその質問は、あれを放っておいて、見ているだけでいいのか、というものだ。その質問の答えは簡単だ。いいのか、と尋ねられれば、いいわけがなかった。十貴田への気持ちを自覚するずっと前から、思っていたことだ。十貴田が口説くのは世界中で俺だけがいいって、十貴田のヒロインは俺がいいって――。

だけど俺になにができる。出ていって、なにが言える。なにもできやしない、十貴田が彼女を選ぶなら、俺はなす術のない、ただの傍観者だ。

そのとき、俺たちの横を一台のタクシーが通過し、十貴田たちがいるオフィスのエントランス前で停車した。中からひとりの若い男が出てくると、「きゃあ！」と小さい悲鳴が上がり、指輪の女が縋るように十貴田に抱き着いた。

たった今タクシーから降りてきた男は、おそらく彼女の旦那だ。平日の日中にほかの男に会いにいくような不貞《ふてい》な妻を、連れ戻しにやって来たのだと思った。

男が彼女に近づく、怯えた様子の彼女――どう見たって不穏《ふおん》な雰囲気だ。

やばいのでは、と思ったとき、俺の脇から巽が飛び出していった。追いかけるように俺も物陰から飛び出したが、巽は長いリーチであっという間に十貴田たちのところへ向かうと、謎の男の肩に触れた――と思った瞬間、男がぐるんっとその場でひっくり返った。

「…………！」

一瞬の出来事に、いったいなにが起きたのかわからなかった。「ギャッ」と潰れたような声を出して仰向けに転がった男の肩を巽が押さえつけると、男はまるで催眠術《さいみんじゅつ》にでもかかったみたいにぴくりとも動けなくなる。

十貴田と彼女は、その様子を唖然《あぜん》と見つめている。そして俺たちが次々に姿を現すと、わけがわからない、という十貴田の複雑な表情を拝《おが》めた。

「巽！　な、なにしてんだ！」

巽に駆け寄ると、彼は平然とした表情のまま答えた。

「え？　なにって、大外刈《おおそとが》りだけど……」

「そういうこと聞いてるんじゃ」

「あ、俺こう見えても、高校じゃ柔道《じゅうどう》で全国行ってるんだよ」

「そうなの？　……って、そういうこと聞いてるんじゃないって！」

はたから見て、この状況は明らかに修羅場《しゅらば》と呼ばれるそれだ。この男を放っておいたら、彼女を怒鳴りつけ、十貴田を殴るかもしれない。だから巽はこの男を押さえつけたのだと理解はできたが、この状況でまたも新たな一面を見せてくる巽に、混乱気味の俺はどこから突っ込めばいいのかわからなかった。

「おい、お前ら。いったいどこから……」

十貴田はため息のようにそう漏らす。午前中、ほとんど仕事をさぼっていたと思ったら、突然わらわらと姿を現し、この騒ぎでは呆れられても仕方がない。しかしそんなことより、今の十貴田に、彼女と一緒にいるところを見られたことに対する焦りがみじんも感じられないことに違和感を覚えた。今もなお、指輪の女は十貴田にべったりとくっついている。

そして、彼女は俺たちを見つめ、こともなげに言った。

「お兄ちゃんの知り合い？」

「「お、お兄ちゃん？」」

この場にいる何人かの声がシンクロした。俺ももちろん、そのうちのひとりだ。

「ああ、変なところを見せたな。こいつは妹だ」

十貴田が俺たちのことを同僚だと告げると、彼女はようやく十貴田から離れ、俺たちに向き直り、頭を下げる。

「はじめまして、お兄ちゃんがいつもお世話になっています。妹の寧々《ねね》です」

「…………！」

言われてみれば確かに、喋り口調や仕草こそ女性らしく、甘いものの、彼女は目鼻立ちのはっきりとした、凛々しい顔つきの美人だ。そこまで似ているとは思わないが、眉やつんと真ん中の尖った唇の形は同じだった。

つまり、十貴田が人妻と密《ひそ》かに恋愛しているというのは勘違い――しばらく俺たちは唖然としたが、すぐに巽がゲラゲラと笑いだした。

「そっちは、妹の旦那だよ。巽、もういいから起こしてやれ」

巽はひいひいと笑いながらも、「ふぁい」と返事をして、男を引っ張り上げる。見れば、男は真面目で人のよさそうな青年だった。普段から十貴田の妹である、妻の寧々に振り回されているのだろう。巽に投げられたにもかかわらず、後頭部を掻きながら「すいません」

とぺこぺこ頭を下げた。

「こいつ、しょっちゅうくだらねぇことで夫婦喧嘩して、俺のところに泣きついてくるんだ。そんで、旦那がそのたびにこうやって迎えに来るんだよ」

「くだらなくなんかないよぉ！」

　頬を膨らませて怒った寧々を、「はいはい」と十貴田はあしらう。旦那が寧々に二言三言謝ると、彼女はハートマークを散らしながら、すぐに旦那の胸に飛び込んでいった。

　状況は嫌というほどよくわかった。俺がした嫉妬が、全部自分の勘違いが引き起こしたことだということもわかった。しかし、

「じゃあサユキって誰ですか？」

　尋ねると、十貴田は目を丸くする。

「サユキ？　……お前、なんでウチの実家の猫の名前知ってんだ」

「猫！」

　と、またも何人かの言葉がシンクロする。巽は笑いすぎで、お腹を抱えて「苦しい」とその場にうずくまってしまった。さらに追い打ちをかけるように、寧々が「サユキは、寝てるお兄ちゃんの顔をよく踏みに来るんですよ」と教えてくれた。

「…………ッ」

　俺がしたキスは、猫の肉球か！

俺はあまりのことに、頭を抱えてしゃがみこんだ。我ながら妄想が逞しすぎる。ひとりで勝手に被害妄想をして、十貴田の優しさを疑って、散々喚《わめ》いて周囲に迷惑を振り撒いた。恥ずかしさに顔を上げることができない。みんなにどんな顔をすればいいのかわからない。

――でも。心のどこかでほっとしている。勘違いでよかった。今までしてきた嫉妬が、全部無駄に終わってよかった。彼女は十貴田の想い人じゃなかった。彼女は、十貴田の――ヒロインじゃなかったのだ。

寧々とその旦那は、俺たちに挨拶をすると、タクシーに乗り込み去っていった。その姿を見送ったあと、十貴田は俺たちを見やって「それで、なんなんだお前らは」と疲れ切った声で言った。

「英二、もういい加減立てよ、邪魔だろ、ほら」

十貴田はずっとしゃがみこんでいる俺の肩をゆすり、手を差し伸べてくれる。その手をぎゅっと握ったら、目が合った。

「なんてツラしてる」

どんなツラをしているのか、わからない。ただほっとして、申し訳なくて、泣きたくて、嬉しかった。十貴田に引っ張られてなんとか立ち上がり、なにか言い訳をしなければと思ったが、心の中がまだめちゃくちゃで、言葉が出てこない。

「十貴田、聞いたよ。英二くんとデートしたって？」

腕組みをした寿里が横からそう言うと、十貴田の横顔がぎくりと強張る。

「僕の誘いは乗らないくせに」

「……お前と遊んでなにすんだよ、つまんねぇよ」

寿里は「ひどい！」と文句を続けたが、十貴田は構わず「戻るぞ」と俺の腕を引っ張る。

「お前、なんで言ったんだよ、あいつらに」

オフィスに向かってぐいぐいと腕を引っ張られながら、小声で、しかし責めるようにそう尋ねられた。

「べつに口留めされてないし……」

「言うなよ」と十貴田が唇を尖らせる。なんだか不貞腐れているみたいだった。

突如として、ヒロインの枠《わく》は空いた。だけどその枠に俺が入ったわけでもなければ、十貴田が俺のものになったというわけでもない。なのにそんな言い方をされると、心がざわつく。期待させるような態度をとらないでほしかった。

「英二、今日の夜空けとけ」

「え……」

「全部説明しろ、それまでにシナリオは全部読んでやる」

胃のあたりが重たくなった。けれどシナリオの話を持ち出されては、嫌だとは言えな

い。夜までに、なにか言い訳をでっちあげなくては――そう考えている自分が虚しかった。

その日の午後は、ほとんど仕事が手につかなかった。当たり前だ。十貴田は俺に、全部説明しろと言った。だが、なにからどこまでを、どう順序《じゅんじょ》立てて話せばいいのかわからないままだ。

定時を過ぎ、すっかり日が暮れた二十時に、ようやく仕事にひと段落つけたらしい十貴田が、俺のところまでやって来て「行くぞ」と言った。これからなにを聞かれるのかと思うと緊張して、口の中がからからに乾いた。

十貴田について歩いていると、見知った道に、行き先は十貴田の自宅だとわかった。逃げ場がないと知ってげんなりした。俺は今夜、十貴田に事の詳細をつぶさに説明し、気持ちを伝え、無残にフラれなくてはいけないのだ。こんな残酷なことはない。

十貴田のマンションに着くと、いつかふたりでゲームをして遊んだ居間に通された。ローテーブルを挟んで向かい合って座ると、十貴田は今朝俺が提出したシナリオの束を広げ、「まあ、悪くはなかった」と切り出した。その評価と、まず仕事の話から始まったこと

に胸を撫で下ろしている自分がいた。が、十貴田の目はそう甘くもない。

「悪くはなかったが、整理しないと駄目だ、支離滅裂で読んでいられないような箇所《かしょ》もたくさんある。お前、ファンタジーのときと違って、この分野になると急に感情的な文章になるんだな」

「はぁ、すいません……」

十貴田の言う通り、感情的に書き殴ったものだ。そう評価されるのもやむを得なかった。

「そういうわけだ。そう簡単に辞められると思うな」

「…………」

はっとして顔を上げると、十貴田は俺を見て不敵に笑っている。俺は唇を噛んだ。

辞めたくない、と思った。十貴田と一緒にゲームが作りたかった。十貴田組のみんなのことが大好きだ。これ以上十貴田のそばにいるのはつらい、だけどもっともっと一緒にいたい。正反対の気持ちが、俺の心の中でぶつかり合う。

「辞めるなんて言うなよ、英二」

「だって……ッ」

十貴田は駄々をこねる俺を少し笑った。俺の隣に座り直すと、「泣くなよ」と俺の頭を撫でてくる。この数日の間に馬鹿みたいに泣いて、それでも涸《か》れない涙が、また俺の下瞼に

たっぷりと溜まっていた。

「そういうことしないでくださ――」

頭を撫でられたり、優しくされたりすると、余計に胸が切なくなる。けれど十貴田の手を振り払おうとした手は、宙を切った。そして言葉は中途半端に途切れて消える。うなじに、熱い十貴田の掌の感触があった。

「――……」

目の前に、十貴田の顔がある。それから、唇に、つい最近知ったばかりの柔らかな感触も――キスされている、と頭が理解したとき、唇はゆっくりと離れた。

呆然と、十貴田の顔を見上げた。十貴田の表情は怒ってこそいなかったが、笑ってもいなかった。

「――急に、なんですか」

震える声で尋ねた。十貴田は俺の問いに肩をすくめる。

「お前だって勝手にしただろ」

「な……！　あのとき、起きて……っ？」

「やっぱりしたのか」

「～～っ！」

かまをかけられた。俺は咄嗟に自分の愚《おろ》かな口を塞いだが、今となってはなんの意味も

ない。かーっと顔が熱くなる。眠る十貴田に、俺が勝手にキスしたのを、勘づかれていた。

「英二」

十貴田はそんな俺を笑う。けれどそれは馬鹿にするような笑い方ではなかった。困ったような、俺を、仕方のないやつだと言うような、そういう笑い方だ。

「お前、俺のこと好きか」

そう尋ねられて、心臓が痛くなった。十貴田のことが好きだから、そう自覚してしまったから、辞めるだなんて喚いたのだと、彼はわかって聞いているのだ。

「寧々やサユキのことも、お前、なんか勘違いしてたんじゃねぇのか」

十貴田の言う通りだ。ひとりで勘違いして、嫉妬して、悩んで苦しんで。それでも止まれなくて、それであの夜、勝手に唇を奪ったのだ。

「……すいません、あれは、違うんです」

「違うのか」

「…………ちが」

違わない。十貴田のことが大好きだ。

十貴田組に来たときから、俺の頭の中は十貴田のことでいっぱいだった。十貴田のことばかり追いかけて、十貴田に口説かれたくて、認めてほしくて、必死だった。俺が知らな

い十貴田の顔があることに嫉妬して、妹の寧々に嫉妬して、猫のサユキにだって嫉妬した。十貴田の唯一のヒロインになりたくて、必死だったのだ。

「違わないです…………ッ」

俺の人生を肯定《こうてい》してくれた十貴田のことを、もっともっと好きになった。どうしようもなく、抑制がきかないくらいに大好きだった。白状したら、堪えていた涙が溢れ出した。

「なぁ、お前〝口説く〟って、なんでわざわざ、みんながそんなことするのかわかるか」

十貴田はそんな俺の涙の粒を、指先で拭いながら言った。俺は十貴田の腕にしがみつき、わからない、と首を横に振る。わからないというより、今はなにも考えられなかった。

「その勝負を〝勝ち〟にするためだ。英二、俺だって振られんのは怖い。当たって砕《くだ》けろなんてやってられるか、この歳になってまで、そんな幼稚な真似をして傷つきたくない。だが逆に、勝つ勝負だってわかってて、遠慮する理由がどこにある」

「……十貴田さん、俺今、めちゃくちゃで、わかんないです、難しい……っ。もっとわかりやすく言って」

泣きながらそう訴えると、十貴田は「はは！」と声をあげ、大きく口を開けて笑った。

「それもそうだな」と。そして改めて俺の目を見据え、囁く彼の深いバリトン。

「好きだよ、英二」

それはホテルの部屋で、抱きしめられながら放たれたのと同じ口説き文句だった。俺の身体に浸透《しんとう》して、心を蝕んでばかりの、呪いの言葉。

「嘘だ」

「嘘じゃねぇよ」

「嘘ですよ。だって、仕事で、口説いてって、俺が」

「そうだな。落ちろ落ちろって、てめぇを呪いながら口説いた。気づかれてねぇとは予想外だったけどな」

「……っ！」

十貴田の熱い掌が、俺の頬を包んだ。上を向かされて、情けない顔を十貴田に真正面から覗き込まれる。

「英二。お前は俺に落ちた。俺の勝ちだ。振られないとわかってるから言ってる、――好きだ」

「……う」

嘘だ、なんて、もう言えなかった。

砕けるとわかっていて、わざわざ当たりにいくような真似はしない。振られれば誰だって傷つく、それは十貴田も例外じゃない。だから十貴田は本当に俺を口説いてくれた。俺が十貴田に落ちるように、砕けないように、振られないように――口説いてくれたと言っ

ている。

「だからもう、泣くなよ」

十貴田はひときわ優しい声でそう言ったが、無理だと思った。ぼろぼろ涙が止まらなくて、それでも嬉しくって、嬉しくて流れる涙が、これのことなのだとやっとわかった。

好きと言ってもらえたことが嬉しい。嘘みたいだ。確かめるみたいに背伸びをして、顔を近づけ、ぎゅっとくっつける下手くそなキスを、自分から仕掛けた。拒絶はされない、なんの抵抗もなく、当たり前みたいにそれは受け入れられた。

十貴田は俺の下手なキスを笑った。それは悔しかったが、今さら見栄を張ったところで経験がないことはとっくにバレている。仕方ない。

「十貴田さん、好き……」

なにを言えばいいのかわからなくて、それでもなんとか絞り出した声は震えていた。顔はグシャグシャで、頭の中もまだめちゃくちゃだ。十貴田は唇の端を吊り上げ、「知ってる」と小さく囁く。それだけのことで、簡単に心が浮ついてしまう。

信じられない。想いが通じ合った。生まれて初めての、下手くそで、人騒がせな恋に、十貴田が応えてくれた。その喜びに突き動かされて、勢いに任せて十貴田の首に抱き着き、膝の上に乗り上げる。体重をかけると、彼の身体がそのまま後ろにゆっくりと倒れていく。

けれど、十貴田を押し倒す格好《かっこう》になったとき、俺ははっとして一度顔を離した。

「ちょっと待ってください。十貴田さん、俺男ですよ」

俺が言うと、十貴田は一瞬きょとんとして、それからすぐに眉間に皺を寄せ、唇を歪める。確かにここに存在していた、甘ったるいムードみたいなものが消し飛んだのは俺にもわかった。だけど確認しなければいけないことがあるのを思い出したのだ。

「……今さらなんだ、知ってる」

「十貴田さん、ゲイだったんですか！」

「お前が言うな。べつにそうじゃねぇけど、女系家族で虐《しいた》げられて育ってる上に、妹がアれだ。うんざりしてる部分はあるかもな」

「でも、同棲してたのは、女じゃないですか！」

「同棲？」

「しらばっくれないでくださいよ！　十貴田さんの部屋に、化粧落としとか、女もののタオルとか」

「だから、寧々のもんだよ。あいつが結婚する寸前まで一緒に住んでた。母親が、一人暮らしをさせるのは心配だって言って」

「……じゃ、じゃあ、好きだった女の人っていうのは？　死ぬほど口説いたって」

「何年前の話してんだ、そんなもん、学生のときの話だぞ……」

十貴田はこめかみを押さえ、「お前、面倒くさいな」と言ったが、すぐに「いや、知ってたけど」と付け足した。

「だって」

まだ信じられない。嘘みたいだ。

「いつから俺のこと好きなんですか。十貴田さんが俺を好きになるなんてありえないです」

「お前なぁ」

「念のため、俺も、十貴田さんのこと口説いたほうがいいですか？」

経験の差があることはわかっている。それが埋まるとも思っていない。けれど俺ばかりが落とされているのではわりに合わない。とにかくもう一歩、自信が欲しい。自分が納得できるくらい、俺だって十貴田を落とした、という自信が欲しいのだ。

自分でもおかしな提案をしているとは思ったが、十貴田も俺の突拍子のないそれを笑った。それから、俺を見上げて「もう口説かれてる」と言った。

「お前は無自覚だろうけど」

「ええ？」

「〝口説いてくれ〟なんて、お前の口説き文句はすげぇと思ったよ、負けてられねぇって思うくらいには」

「…………」

確かに言われてみれば、口説いてくれなんて、前後の文脈《ぶんみゃく》をすっ飛ばせば、好意があると言っているようなものだ。俺は初対面で、その日のうちに、十貴田にそんなことを言ったのだ。自覚をしたら、妙に気恥ずかしくなってしまった。赤面《せきめん》した俺の頬を、十貴田の指が撫でる。

「もういいか？」

「…………はい」

「よし、来い」

ちょいちょい、と指で手招きされ、我慢がきかなくなった。十貴田の身体に覆いかぶさって、その唇にもう一度飛びつく。唇を触れ合わせたまま、彼が「口開けろ」と囁いた。言われた通り口を開ける。十貴田の両手が俺の顔を包んで、キスの角度を修正させられた。そういえば、さっきまで鼻や眼鏡がぶつかっていた。

舌が触れるキスをするのは初めてだった。彼の舌がにゅるりと俺の口の中を撫で、舌を吸われると、身体の奥のほうがジンと熱く痺れる。恥ずかしくてドキドキして、叫びたかった。みんなこんなことをしているんだ、本当に。それを今、自分もしている。

「ん、……ふ……っ」

ぴちゃ、と濡れた音が静かな部屋に響く。静かだが、ハード機のスタンバイ音はずっと

聞こえていた。そんなことで、今十貴田の部屋で、十貴田とキスをしているのだと実感できた。

「ン、英二、……今日はこれくらいにしておくか？」

ふと唇を離したとき、十貴田はそう言った。キスだけにしておくか、とそう尋ねられていることはわかった。けれど、見下ろした十貴田の、ずっと焦がれていた唇が、唾液で濡れててらてらと光っていた。それが、自分と十貴田の唾液だと思ったら、とてもじゃないが興奮は冷めそうにない。

「え、っと……、その」

それから、さっきから腹の底が熱くて、もどかしくて、たまらない。もちろん自分で処理をすることはあるので、今自分の身体に起きている現象のことはわかっている。が、このむず痒さを、十貴田になんと説明すればいいのかわからなかった。

端的《たんてき》にいえば、止まれない。

俺の表情はよほど物欲しげだったのか、十貴田は吹き出して笑った。肘をついて起き上がると、俺の腰を抱き寄せ、俺の顔や耳にキスをくれる。それから、とびきり色っぽい声で「かわいいやつだな」と囁いた。

「お、俺、かわいいですかね……」

「ああ、かわいいよ」

ブスだと言われたことは正直根に持っていたが、かわいいとはっきり言われて満足できた。今は十貴田がくれる言葉のひとつひとつが、俺の自信になっていくような気がした。

「ん……」

ソファに移動して、座った十貴田の脚を跨ぐように向かい合って座った。キスの続きを交わしながら、十貴田の指が俺のパンツのフロントにかかり、ファスナーを下ろされる硬い音に緊張した。まだキスだけだ、それでも熱の集まった自分の性器を取り出されて、いたたまれない気持ちになる。

「そう、そわそわすんな、俺まで緊張する」

「う……っ」

いくら恥ずかしくていたたまれなくたって、もうやめられない。十貴田の指が俺の性器の先端に触れただけで、びくりと背筋が震えた。掌で包み込まれると、それだけでひゅっと喉が鳴る。

そのままゆるやかに手を上下に動かされ、下腹部の一番深いところから這い上がってくる快楽《かいらく》に耐え切れない。そのもどかしさが解決するわけじゃないとわかっていながら、それでもただ縋るように十貴田の首にしがみついた。

「あっ、う……っ」

こんなに感じやすくては困る。すぐに先端がだらしなく雫を垂らすのが、見ていなくて

もわかった。それを全体に塗り込めるように扱《しご》かれて、ぬちぬちと音が立つ。恥ずかしいが、その恥ずかしさがどうでもいいと思えるくらいに気持ちいい。

心臓が聞いたこともないくらい大きく、ドクドクと鳴る。彼の指が俺のくびれたところを強く擦ったり、先端をぐりぐりと刺激したりするたび、息が切れて、腰が跳ねる。息を吸うと十貴田のほのかな煙草の匂いがして、眩暈《めまい》がしそうだ。

「あっ、やば……っ、十貴田さん……っ」

十貴田の手つきはあくまでも優しかった。それでもその優しさに、大事にされていると知った。そう思ったら、気持ちは加速していく。一秒ごとに、十貴田への想いが膨らんでいくみたいだった。

「んっ、んっ……！　ンン……ッ！」

限界はすぐにやってきて、十貴田の手の中に熱を吐き出す。ふたりの身体の間を見下ろすと、十貴田の右手が俺のもので汚れていた。いけないものを見た気がした。

「はぁ……っ、すいません、俺……っ」

十貴田はすぐに俺の頬にキスをして、「よかったなら、よかった」と囁くように言った。ぽんぽんと頭を撫でられ、胸がぎゅうっと締め付けられる。十貴田が優しいと、ただそれだけで俺の心は掻き乱されていく。心臓に悪い、その優しい声も、穏やかな表情も。

「あ、あの、十貴田さんは」

十貴田は涼しい顔で「俺は平気だ、気にするな」と、俺の顔へのキスを続ける。キスは嬉しいが、俺ばかりが恥ずかしい姿を見せたようで腑《ふ》に落ちない。

見下ろした十貴田のパンツは硬いジーンズ生地《きじ》で、この行為に興奮したのかどうかもわからなかった。不満と――不安に駆られてしまう。

「あの、すいません、俺、ガキで……、駄目でしたか、俺じゃ……」

「そうは言ってねぇだろ」

俺が女だったら――それは今までも散々考えたことだ。それでも今、十貴田が俺を選ぶなら、せめて俺の顔が寿里のような美男子であればと卑屈《ひくつ》になり、もっと意識してエロい声でも出しておくべきだったか、などと反省した。そんな間もなく果ててしまった自分が情けない。十貴田にはもっと俺のことを好きになってほしいのに。夢中になって、欲しがってほしいのに。

「もっと、しましょうよ……」

我ながら頭の悪い誘い方だ。もっとなにかないのかよ、と思いはするが、なにせ今の俺は、十貴田をこのまま放したくなくて馬鹿みたいに必死だ。気の利いたセリフは出てきそうにない。

「もっとって？」

「続き……的な……っ？」

言っていて恥ずかしい。俺も十貴田も大人なんだ、恥ずかしがることはない。正直に、もっといやらしいことがしたいと言えばいいのに。

「続き、って、お前。そう急ぐことじゃねぇだろ」

「〜〜っ！　なんでそんなに冷静なんですか、十貴田さんがそんなだから、俺は急いでるんですよ！　俺また不安になっちゃいますよ、いいんですか！」

「…………」

十貴田はこめかみを押さえる。聞き分けのない俺に呆れたかと案じたが、十貴田の腕に腰を抱き寄せられ、ぐるりと視界が回った。ソファに寝かされ、白い天井《てんじょう》と蛍光灯《けいこうとう》の灯《あか》りが眩しい。

「俺だって我慢してる」

十貴田はこめかみに青筋を立て、低い声で言った。俺の脚の間で膝立ちになり、自分からジーンズのフロントを開けて見せてくれた。下着の前は、確かに張っている。

「勃たねぇ相手に、好きだなんて言うほど無責任じゃねぇよ」

「うわあ……」

「お前がうるせぇから見せたんだろ、その反応やめろ」

十貴田は呆れ顔でそう言ったが、次の瞬間には俺の身体に覆いかぶさってきた。唇が合わさり、さっきよりもずっとねっとりと舌を交わした。脳みそが痺れる、こんなキスをさ

れたら、また身体が疼《うず》いてしまう。十貴田の体温をもっと感じていたい、彼の身体のことを知りたい。俺の身体のことも、もっと知ってほしい。ずっとずっと焦がれていた十貴田と結ばれたのだ——セックスがしてみたくて、たまらなくなってしまう。

「十貴田さ、あ……っ」

十貴田は俺の首を齧りながら「もうわかったから」と言った。彼の手が横に伸び、テーブルの上のリモコンに触れた。ピ、と電子音が鳴り、部屋が薄暗くなる。

「できるところまでする、悪いが俺が上だ、嫌になったら言え」

「——……っ」

間接照明だけがオレンジに照らす薄闇《うすやみ》で、十貴田の銀縁の眼鏡がぎらりと光った。望んだことだとはいえ、身震《みぶる》いするほどの熱っぽい声に、背筋がぞくりとする。一見知的に見える彼が、今はどこか猛獣《もうじゅう》めいて見えた。

「ンン……っ、ん……ッ」

彼のキスや舌が、俺の顎の輪郭を伝っていく。それと同時に、パンツを脚から引き抜かれ、下半身を露わにされた。心もとなく、丸まろうとする脚の間に、十貴田の硬いジーンズの感触に邪魔をされる。

「ひゃっ、あっ」

まだ濡れたままの十貴田の右手が、既にもう立ち上がりかけていた俺の性器を再度包み

込む。さっきよりも激しく上下に扱かれて、驚きと快楽にあられもない声が上がってしまった。

十貴田の反対の手は、俺の服の中に入り込んできた。大きな熱い掌が、俺の平たい腹を撫で、脇腹をくすぐるみたいに通り過ぎると、その親指が胸の突起をぎゅっと押し潰してきた。普段弄ることもない場所を、短い爪に甘く引っかかれ、身体の反応したことのない深い場所がきゅんとした。

「あの、あ、十貴田さん……っ、あの、俺は、どうしたら」

「いいから、感じてろ」

慣れない感覚に戸惑う俺に、十貴田は言葉少なにそう言うだけだ。十貴田だって男相手は初めてのはずだ。そして俺のことを気遣っている。だから急がなくていいと言ったし、できるところまでにしようと言ったのだ。

最初あれだけ厳しかった十貴田に、今こうして甘やかされて愛されることに、脊髄の奥が痛いくらいに疼いた。好きすぎて、身体が痛い。内側から爆発して、砕け散ってしまいそうだ。

俺は言われた通り、ソファカバーを掴み、十貴田の唇や指先がくれる快感を追った。愛撫されることに慣れていない身体は、まだ緊張していて硬い。それをわかっていて、解きほぐすように十貴田の手は俺の皮膚の上を優しく撫でていく。

そのうちに十貴田の頭が下がっていき、俺の脚の間で止まった。またも限界近くまで膨れ上がっている性器が、熱くぬめる粘膜に包み込まれ、ひときわ大きく声が上がってしまった。

「ん、あ……っ、あっ、アッ！　駄目っ！」

ビクッと跳ねた腰を、十貴田の手が鷲掴《わしづか》む。その力が思いのほか強く、身体をよじっても逃げられなかった。見ちゃいけないと思いはしたが、見ずにはいられなかった。十貴田が俺の、それを口に咥《くわ》えている。

「う～～っ、や、ばい……っ、です……っ！」

口の中でぬるぬると舌に嬲《なぶ》られる。時折歯の当たる感じがしたが、それはそれでよかった。十貴田のそういう慣れない部分や、初めてを見せてもらえることにも、今は喜びを感じている。

「んん～～っ！」

「うっ、ケホッ……、馬鹿、出すなら言えよ」

あっけなく二度目の精を吐き出してしまった。顔をしかめた十貴田が顔を上げ、小さく文句を言った。俺は「すいません」と謝るより先に、

「エッロ……」

と言わずにはいられなかった。俺が吐き出したものは、十貴田の口元だけではなく、眼

鏡にも飛び散っている。十貴田は「あ？」と俺を見て、ようやく視界の悪さに気づくと、小さく舌打ちをしてから眼鏡を外した。

「早すぎだ、ちょっとは我慢しろ」

「う、ん、んっ、また……っ」

　十貴田はもう一度俺の脚の間に顔を埋める。べろりと竿《さお》を舐め上げられると、もう二回もイカされておきながら、いとも簡単にそこは芯を持って勃ち上がる。恥ずかしいことこの上ないが、俺のものをしゃぶる十貴田の、ひそめられた眉や、俺の性器に内側を押されて膨らむ頬に、劣情《れつじょう》を禁じ得ない。十貴田の顔が、普段シャープで不機嫌だからこそ、余計に煽られる光景だ。

「十貴田さ……っ、また、すぐ、イッちゃう、から……っ！」

「だから、我慢しろって」

　咥えられたまま叱られて、熱い息がかかったが、腹の奥にぐっと力を入れてやり過ごす。なおも熱い口の中でぬるぬると弄ばれ、先端をジュウ、と音を立てて吸われた。頬ずりをするように裏筋を舐め上げられたときは、さすがにわざとだと思ったくらいだ。

「ああっ、はあっ、もう、ふやける……っ」

　十貴田の髪を引っ張り、そう訴えてようやく解放されたが、俺の性器と十貴田の口につう、と唾液の糸が伝ったのが見え、そのいやらしさに危うく持っていかれそうだった。

そして息をつく間もなく、今度は濡れた彼の指が、俺の股を滑り、まだ固く閉じた蕾にたどり着いたのがわかった。自分から強請った以上、覚悟をしていなかったわけではないが、ぎくりとするのは否めなかった。

俺の緊張に気づいたのか、十貴田は俺の性器を手で扱き、先端にキスをくれる。いやでも腰の力が抜けるのと同時に、圧迫感《あっぱくかん》と違和感を連れ、十貴田の指が俺の中に侵入してきた。

「うっ、んっ、んっ」

「息しろ、無理なら言え」

十貴田の声も上ずっていた。彼の平たい額に、汗が滲んでいる。

俺の身体に、彼がちゃんと興奮してくれているとわかっていては、もったいなくて「無理」とは言えそうになかった。されるがままになっている俺にも、かろうじて残っている意地が、頭の中で「言うもんか」とすら訴えている。

俺は息を吐き、意識して下肢の力を抜いた。十貴田に与えられる性器への刺激は、素直に全部受け取った。埋め込まれた指が動くのも、べつに悪い感じじゃないのだと思う。彼の指に溶かされて、馴染んでいくのに少しばかり時間がかかるだけだ。ただ、こうしていると唇や腕は寂しい。

「十貴田さん、キス……ッ」

腕を伸ばして催促すると、十貴田は背筋を伸ばし、俺の腕の中へと身体を滑り込ませてくる。なんだかその仕草は猫に似ていた。

十貴田は俺の唇にキスを落とした。指は俺の身体の中に埋まったまま、うごめいている。それを感じながら、十貴田の首を抱き寄せ、彼のTシャツの背中を掴む。そして執拗《しつよう》なくらい、彼の唇を貪《むさぼ》って、口内を荒らした。十貴田とのキスはふわふわしていて気持ちがいい。このキスが、一番俺の身体を骨抜きにして、緊張を忘れさせてくれると思った。

緩んだ身体に、十貴田は突き入れる指の数を増やした。広げられている、という感覚が強くなり、そのことになお興奮できるのだから、俺は相当十貴田のことが好きで、十貴田と繋がりたくて仕方がないのだと思った。

「あ……、あ――」

浅い腹側をぐいぐいと押されると、声が漏れるのがわかった。ゾクゾクと背筋を這い上がるものがあって、弄られていなくても性器がビクビクと反応する。

「十貴田さん、そこ」

「ああ」

「そこ、たぶん、すごく、いいとこです……っ」

わかってる、と十貴田が小さく笑った。声もそうだが、顔にも力が入らなかった。とろけた表情をしているに違いない。気持ちいいということを、ろくに隠しもしない顔だ。あ

とで後悔するほど恥ずかしいことかもしれないと思いはしたが、今はとにかく、そんなことはどうだってよかった。

「んん、あっ、あ……、あ、……」

感じるポイントをしつこく責められ、そこはそのたびに感度を上げていった。勃ち上がった自分の性器が、直接的な刺激がなくてもだらだらと蜜《みつ》をこぼすようになると、頭の中がのぼせたみたいにぼーっとし始める。

指がゆっくりと引き抜かれていく感覚があり、抜け切ると入口がその寂しさにひくつく。十貴田の身体が一度離れたと思ったが、次の瞬間には脚を抱え上げられていた。広げられた入口に、十貴田の切っ先が押し当てられている。それはいつの間にかゴムをかぶっていた。

「入りますか……」

ぼーっとする頭同様、声もぼんやりとしてしまった。十貴田は、眼鏡がなく、あまりものが見えていないせいだろう、俺を見て少し険しい表情をした。

「さあ、わからん。お前が許すなら、入れる努力はしてみる」

「許さないわけがないんですが……」

繋がりたいという気持ちなら十貴田の百倍は強いという自信があった。十貴田も、俺のそういうワガママをわかっていてか、「そうだな」とだけ言った。

「ンッ、ん、あ……、ああ……ぅ」

　俺は自分の両足を自分で抱えた。ぎゅうっと押し入って来る熱に、喉を反らし、大きく息を逃がす。充分にほぐされ、ゴムのぬめりのおかげか、痛いというよりは、彼の熱さや大きさが俺の下腹部を圧迫し、身体の内側から押しつぶされていくような感覚が強い。

　それは確かに違和感ではあったが、それ以上に、今十貴田と繋がっているという感動に、俺の理性は飲み込まれていく。

「んっあ」

　トン、と押し込まれる感覚があり、ソファが軋む。自分のむき出しの尻に、十貴田のジーンズの感触が当たった。奥まできている、お腹の中がじんわりと熱い。

「お前、ホントに大丈夫なんだろうな」

　十貴田はそこで動きを止めると、大きく息を吐き、そう尋ねてくる。それに対し、俺は「なんとか」と答えた。十貴田にはまだ俺を気遣う余裕があるのかと思えたが、俺がわずかに身じろぐと、やにわに締め付ける結果となったのか、十貴田は一瞬息を詰め、こめかみを引きつらせた。

　刺激に耐える彼の苦悶《くもん》の反応は〝萌え〟だ。俺は十貴田の、かわいいところが結構好きだったと思い出した。新しく垣間見たかわいさに、胸がきゅんとしてしまうのと同時に、潤うはずのない自分の繋がった場所が、どうしてか熱くとろけていくような気がした。むず

痒いような感覚がして、動いて欲しい、と思ってしまう。

十貴田はまだ動かない。俺の身体が、初めての挿入に慣れるのを待っているのだ。「まだ?」と聞いたら、「まだだ」と掠れた声が返ってきた。意地悪で焦らしているわけではないのはわかっていたが、つい焦れてしまう。

十貴田の腰を脚で絡め捕らえると、「おい」という文句と一緒に、十貴田は俺の胸に倒れこんできた。俺の体の内側で、十貴田の熱の角度が変わり、思わずウッと呻きそうになるのを飲み込む。引き寄せた彼の、短めの茶髪を撫でると、意外と柔らかかった。

彼が顔を上げ、俺を見た。滅多《めった》にお目にかかれない上目遣いだ、やはり俺は十貴田のことをかわいいと思った。

「英二」

十貴田は小さく俺の名前を口にして、もう一度猫のように背を伸ばす。俺の額と、鼻と、唇に優しく触れるだけのキスを落として、それから俺の目尻に音を立ててキスをした。そのときようやく、俺は泣いていたのだと気づいた。

「無理させたくない」

十貴田は俺を見下ろして、そう言った。今日はここまでにしようという提案だ。けれど本当に無理なんかしていなかった。痛くて怖くて泣いているわけじゃない。

「十貴田さん、これはね、違うやつです」

「違うやつ……」

十貴田は俺の言葉をおうむ返しした。しばらく考え込みそうな素振《そぶ》りを見せた十貴田の頬を両手で包み、引き寄せてキスをした。優しい彼を抱きしめて、自分から腰を押し付ける。わずかに擦れた熱に、俺の内側は反応し、うごめき、絡みつく。十貴田とひとつになって、離れたくない。

——違うやつだ、本当に。

悲しいとか苦しいとか、つらいとか、そういう感情で流れる涙じゃなかった。ただただ嬉しいって——十貴田のことが愛しくて、仕方がないって、そういう気持ちで流れる涙だ。

「俺、十貴田さんのこと大好き」

馬鹿みたいなセリフだと、自分でも思う。いくら慣れない恋愛モノのシナリオを書いていたって、絶対に採用しないセリフだ。だけど俺の口は、思ったことを勝手に吐き出してしまう、そういう厄介な癖を持っている。

十貴田は俺の稚拙《ちせつ》な告白に片眉を吊り上げ、そしてふっと息を漏らして笑った。その笑顔もよかった。苦悶の表情もぐっとくるが、やはり十貴田の笑顔が一番いい。俺の心を締め付けて、揺さぶって、魅了《みりょう》して放してくれない。

「動くぞ」と、ほとんど吐息だけの声が俺の耳をくすぐり、十貴田が腰を引く。繋がった

そこはいくらか馴染んだみたいだったが、それでもなお、十貴田は俺の身体を労わりながら、緩く腰を引き、またゆっくりと押し戻す動作を繰り返した。繰り返して、繰り返しながら、次第にストロークが長くなっていく。

「英二、探すから、集中しろ」

「探すって……、あ……」

決して激しく責め立てるでもなく、容赦ないわけでもないのに、せり上がってくる快感に短く声が上がった。自分よりも俺の快楽を優先しようという彼の気遣いが伝わってくるみたいだった。

わずかな摩擦《まさつ》すら、もう熱くとろけてしまいそうなほどに気持ちいいのに、十貴田の先端が、先ほど指に探り当てられた箇所を狙って押しつぶし、抉ってくる。

「ひっ、あっ、……っ、っ！」

引きつれたような声が上がったが、嫌でも痛いでもなく、気持ちいいということだけを相手に伝える声色だった。小刻みにそこを擦られて、ただ彼にしがみつくことしかできない。

「ここだな」

「あっ、あっ、あっ、あっ……！」

いいところばかりを狙われ、十貴田の手がさらに俺を責め立てるよう、互いの腹の間で

揺れる俺の性器を扱き上げた。

「うっ、んっ、あっ、あっ、ああっ……、あっ」

口の端から涎《よだれ》が垂れると、十貴田の舌がそれを舐めとった。そのまま唇を合わせ、舌を絡ませ合うと、キスはすぐにまた情熱的な深いものへと変わっていく。

「ん、あっ、十貴田さ……っ、おく、も……っ」

奥もちゃんと突いて欲しい。十貴田のことを深く包めるように。

言葉は足りなかったが、十貴田はゆっくりと、それでも今までで一番深いところへと入ってきてくれた。鋭くはないが、重たい突き上げに、ズシンと身体の芯に衝撃があった。

「ああ……っ、ア……ッ」

俺の意思とは関係なく、きゅう、と十貴田を締め付けてしまう。ざわざわと自分の内側がうごめいて、十貴田を離したくないとばかりに熱く、ねっとりと絡んだのがわかった。

「んんっ」

その浅ましい内側を引きずりながら、もう一度引き抜かれ、そしてまた最奥を貫かれる。頭の中で、ヤバい、と思った。繋がった場所が熱い。どろどろにとろけていく。こんなの、癖になってしまう。優しく、深く繋がることに、ハマってしまう。

「……英二、お前だけだ」

なにも考えられない、そんな頭に、十貴田の上ずったバリトンが響く。言葉を並べるこ

とはしない、そういう信条《しんじょう》を持つ彼の、数少ない言葉だ。

「お前だけだ、俺をメチャクチャにするのは……」

「——……！」

　ぶわっと全身の毛が逆立った気がした。恍惚《こうこつ》ともいえる十貴田の表情に、ヤバいと思うよりも前に、俺は声を上げることもできないまま、三度目の絶頂を迎えてしまった。それによりきゅうっと十貴田を絞り上げてしまったらしい、彼が唇を噛み、息を詰めた表情を間近で見た。俺の中で、びくりと彼の熱が動き、俺の内側、薄い膜の向こうで十貴田が達したのがわかった。

「英二……」

　ゆっくりと、埋め込まれたものが引き抜かれていく。脱力した十貴田が、俺の身体に倒れこんでくる。お互い肩で息をしていて、いつの間にか汗だくになっていた。中途半端に身に着けたままの服が、身体に張り付いて重たく感じる。

「はぁ、はぁ……っ」

　十貴田の頭を抱きしめる。襟足を撫でると、十貴田は小さく息をついた。それから、不貞腐れたみたいな声で「好きだ、責任とれ」と言った。

「……責任とるの俺なんですか？　口説いたのそっちじゃないですか」

「口説けと言ったのはお前だ」

「口説かれたのは俺の責任ですけど、十貴田さんが俺を好きになったのって、自分の責任じゃ」

「あ～、お前ほんとうるさい」

十貴田は顔を上げ、「もうしゃべるな」と俺の口を塞いだ。ふわっとしたキスの感触に、俺は目を閉じる。口を開ければ、触れるだけのキスが、また次第に深くなっていく。

「ん……、ふ……っ」

声を漏らしたのは、十貴田のほうだ。やばい、駄目だ、こんなキスを続けたら。そんなふうに思いはするけれど、つい離れたくなくて、十貴田の頭を捕らえて、その口の中を貪ってしまう。こんなにイカされて、こんな痺れるようなセックスをした直後なのに、止まらない。

そのとき、床に転がっていた十貴田のスマホがふいにメールの着信を告げた——着信音は、『グランドエンブレム』、ゲーム中のキャラのレベルアップ効果音だった。ムードをぶち壊す軽快な音に、どちらともなく吹き出して笑ってしまい、ようやく唇が離れた。

「……馬鹿なんですか?」

「お前だって似たようなもんだろ、どうせ」

確かにそうだ。俺のスマホの着信音やアラームは、ゲームの効果音とＢＧＭで構成されている。俺が言い返せないと見るや、十貴田は口を大きく開け「はは！」と笑った。つられ

るみたいに俺も声を出して笑ったら、身体の芯から幸せだと思って、なんだかまた泣いてしまいそうになった。

十貴田に出会って、十貴田を追いかけて、恋をして、今こうして笑い合っていることが、なんだかまるで奇跡《きせき》みたいだった。

二十四年間、頭のてっぺんから足のつま先まで、剣と魔法のファンタジーの世界だけが、俺の世界だった。だけどこんなことが起きるなら、現実もこれでなかなかのファンタジーだ。

過去の自分に教えてあげたい。

卑屈になることなんかない、そのまま走って大丈夫だ。迷わず自分の好きな道を、正面だけを見て、ただひたすらに突き進め。立ち止まったら走れなくなるだろう、振り返ったらきっと後悔する。

転んで傷ついて、そのたびに泣いて血を流しても。どんなに苦しくてつらくて、息が出来なくても。それでも絶対に這い上がれ。

二十四年の孤独の夜を超えて、ここまでおいで。

5

メインシナリオと、センターキャラになる〝トキタ〟のシナリオ執筆が終了すると、会社のサーバー内でそのシナリオの触りを公開し、アンケートフォームを設置してレビューをもらうことになった。テスターは男女問わず、社内ポータルサイトやチャットで募った。

集まるのは女性がほとんどだろうと思いきや、思いのほか男性従業員も集まった。それは、自分たちが勤める会社の新作が、いったいどんなものになるのか気になるのと同時に、〝あの十貴田〟のチームがどういうシナリオを用意したのかと、十貴田自身への関心の強さを示しているように思えた。

社内レビューの結果は上々だった。自由記述欄《じゆうきじゅつらん》に「続きが読みたい」と書かれれば嬉しかったし、厳しい意見はチーム内で精査して、修正すべきところがないか改めて確認を行った。それから、「リリースまで頑張って」とチームへの応援コメントも多数あった。人に応援されてものを作るのはなんだか気持ちがよかった。頑張ろうという気にさせられる。

また、『シナリオを全部読みたい方は、十貴田組までご一報を』の一文をアンケートフォームに添《そ》えていたことで、今まで隠れていた乙女ゲー好きの女性従業員たちが十数名、名乗りを上げた。時間を取ってミーティングルームに彼女たちを集め、一斉《いっせい》に読んでもらう

ことになった。静かな部屋の中、誰かが鼻を啜り、誰かが静かに涙を流すのを、俺は奥歯を噛みしめて見つめていた。俺が書いた乙女ゲーのシナリオで、女性が泣いた。そのことに俺のほうがよっぽど泣きそうだった。

彼女たちとは、その時間の直後に意見をもらった。女性として感情移入できない、納得できない箇所はないかの確認作業だ。会の最後に、シナリオを書いたのが男の俺だと知ると、彼女たちは驚いたみたいだった。

ゲームシステムの改修は十貴田を中心に行っている。イラストや画面素材、シナリオの外注も進んでいた。俺は巽の企画の仕事を手伝ったり、残りのシナリオを進めたりしている。順調と言っていいだろう。

今までの俺は、ひとりで自分自身にだけ向き合い、自分のためだけに物語を作っていた気がする。そして、それでいいとも思っていた。おもしろいことを生み出すのは自分の魂で、自分の力だけだ。けれど、そうやって現実世界から目を背けていた部分は否めない。

現実は思いのほか奇想天外《きそうてんがい》だ。思いもよらない状況に巻き込まれて、男に口説かれる馬鹿みたいな状況に陥って、他人のことが気になって、生まれて初めて人を好きになって――その想いが、実を結ぶなんてことが、俺にも起きた。

ひとりで燻っていたときよりも、今のほうが心を揺さぶられている。振り回されて、刺激を受けて、そうやってものを作っている今のほうが、ずっと楽しい。

「そこのカド、出るぞ」

――出る、とはゾンビのことだ。会社終わりに十貴田の部屋に遊びに行き、一緒にゲームをする頻度が増えていた。十貴田の部屋には、今やすっかり俺の洋服が一式、置きっぱなしになっている。春はあっという間に過ぎ去り、季節は夏を迎えていた。

今日のゲームはゾンビと戦うホラーアクションだ。据え置きハードではなく、ポータブルのゲーム機で、通信を介して遊んでいる。

「お前、最近入りびたりすぎじゃねぇのか」

「だって近いんですもん……」

ソファに並んで座り、十貴田の肩にもたれかかってプレイしていたが、次第にずり下がり、彼の太ももに頭を乗せ、寝転びながら続けた。

十貴田のこのマンションが職場から近いことを理由にしたが、職場から俺の自宅がやや遠く、通勤が億劫《おっくう》であることは事実だ。気温が高くなればなるほど、朝の通勤ラッシュは地獄《じごく》だった。しかし、それ以上に十貴田と一緒にいたいし、一緒に遊びたかった。

家に上がったところで、俺はろくに家事を手伝うでもない。そういうことを考えれば確かに迷惑かもしれないが、俺は知っている。十貴田は、一緒にゲームをするなら、俺レベルのゲーマーじゃないと退屈してしまう。つまり、こうやって一緒に遊ぶこと自体は、彼も悪くは思っていないはずなのだ。案の定、十貴田はべつにそれ以上の文句を言うでもな

い。

「……来るか、うちに」

　十貴田はしばらく考えるような間を取ったあと、ふいに言った。

「？　来てるじゃないですか。昨日も、今日も、こうやって」

「そうじゃねぇよ。……部屋、空いてるって意味」

「…………っ！」

　俺が驚いて飛び上がると、十貴田は近づいた俺の顔を邪魔だと言わんばかりに押しのける。ゲーム画面の中は、ゾンビが唸り声を上げる過激《かげき》な戦闘《せんとう》の最中だった。

「もうすぐこの部屋、更新なんだ、早く決めろ」

「……そ、それってまさかプロポーズですか？」

　俺が尋ねると、十貴田は「馬鹿いえ」と即答した。

「そういうことはクリスマスにヘリに乗せて、夜景を見下ろしながらするんだよ」

「……うわ、ベタ」

「お前はそのとき号泣するに賭《か》ける」

　十貴田は「お前は泣き虫だからな」と言って涼しい顔をしていたが、それは暗に、将来的に本当にプロポーズしてくれるということなのでは、と勘ぐってしまった。それもクリスマスに、ヘリに乗せられて。

「ちょっと考えさせてもらってもいいですか？」

「負け惜しみ言うなよ、顔がニヤついてんぞ」

「へへ……」

ゲームを一時停止してから、十貴田に抱き着き、その頬にキスをした。「邪魔すんな」と十貴田は文句を言ったけれど、彼もゲームを止め、おとなしくソファの上に押し倒されてくれる。

「ん」

覆いかぶさって唇にキスをして、抱きしめられて胸が合わさる。背中を優しく撫でられて——今夜も甘やかされる、そんな予感がした。

十貴田は部屋に来ていいと言ってくれた。冗談半分だが、プロポーズの話だってしてた。俺がこうして甘えれば、不機嫌な顔がふっと緩む。俺の頭や背中を撫でる手は熱く、いつだって優しかった。

それなのに、まだときどき不安になる。十貴田は、本当に俺が必要なのだろうか。俺のどこを好きなのだろうか。これから先も、そばに置いてくれるのだろうか。

そんなふうに考えてしまう俺は、どうかしているに違いない。これ以上、十貴田のなにを欲しいというのだ。

株式会社ハイアクシス、女性向けコンテンツに着手《ちゃくしゅ》。第一弾は今冬〝泣ける〟乙女ゲー。社外に情報が解禁されると、ネットではそんな見出しでニュース記事が出回った。それと同時に公式サイトが公開され、事前登録が開始した。そのころには十貴田組はプランナー、エンジニアがどっと増え、リリースに向けての準備で大忙しだった。

それから間もなくして、人気イラストレーターのしちりをキービジュアルとキャラクターデザインに起用したことを発表すると、公式SNSのフォロワー数がぐんと伸びる。公開されたしちりのキービジュアルは、彼らしい繊細なタッチの中に、気迫すら感じるほどの強い引力を孕んでいた。それがおそらく、しちりが削った命なのだと思った。

しちりが描いたキャラクターデザインも見事の一言に尽きる。十貴田、寿里、巽をモデルに作ったキャラクターたちは、特に彼らをイメージしてくれと頼んでもいないのに、どことなく彼らを彷彿《ほうふつ》とさせた。

ちなみに脇役《わきやく》で登場するヒロインの上司はどことなく俺の兄・滉一に似ていたし、恋愛のアドバイスをくれる親友は絹子に似ていた。まさに絹子の言った通りになった。俺を取り巻く人物で、この物語は作られたのだ。

そしてその日、最後のキャラデザがしちりから送られてきた。自分のデスクでデータを

開いたとき、ちょうど後ろからありすが顔を出した。

「これは?」

そのイラストを見て、ありすは不思議そうに言う。

届いたのは、クールなパンクファッションに身を包んだ、まだ幼さの残る顔立ちの美青年だ。小生意気そうな表情で、ギターケースを背負っている。

「リリース後、様子見てから追加する攻略キャラだよ。年下のバンドマンの設定」

「そんなの作ってたんだ? 知らなかった」

「ありすだよ」

俺が言うと、ありすは目を丸くして俺を見た。

このキャラクターは、ありすをモデルにした。クールで口が悪く、影があるが、頑張り屋の性格だ。ヒロインにとって、最初こそ生意気で印象は悪いものの、音楽に対して真面目で、文句を言わず陰で努力する彼の姿に、次第に心惹かれていく。

俺の状況を表すには、ありすは必要不可欠の存在だった。彼女の姿は、いつも俺を引っ張ってくれた。追加キャラクターの企画は、俺から巽や十貴田、そしてしちりに提案したものだ。

「このキャラのルートのメインシナリオは、もう書いてあるんだ。データ渡すから、よければ読んでおいて。気になるところがあれば、直すから」

「……あんたが書いたの？　外注じゃなくて？」

「俺が書きたかったから」

ありすはしばらく、しちりが描いたイラストを見つめて黙っていたが、やがて「ふうん、かっこいいじゃん」と表情を綻《ほころ》ばせる。

「合いそうな声優さんピックしときなよ、まだ決まってないから」

ありすは弾む声で「マジで？　やるやる」と返事した。女性受けのいい声優に詳しいのも、この十貴田組の中では彼女がダントツだ。彼女にとっては楽しい仕事だろう。

そして、彼女は自分のデスクに戻る途中、俺を振り返り、珍しい満面《まんめん》の笑みで言った。

「サンキュー、英二！　あたし、めっちゃ嬉しい！」

ありすのキャラ追加まで、時間はある。生意気なバンドマンが、年下らしい無邪気な笑顔を見せる、そういうシーンを追加しようと思った。


「――それで、最近どうなの？」

居酒屋の個室で、真正面に座った寿里にそう尋ねられた。横に座った巽も、それに便乗して「そうよ、どうなのよ」となぜかオネエ口調で詰め寄ってくる。

歓迎会を開いてもらったのと同じこの居酒屋は、もうほとんど行きつけになっている。店長にもすっかり顔と名前を覚えられ、若いのによく飲むからとサービスまで受けるようになってしまった。

彼らが言っているのは、俺と十貴田のことだ。泣きついて相談して、すべて赤裸々《せきらら》に話したあとでは、実際のところどうなったのか、について隠し通すわけにもいかなかった。付き合い始めたことは、十貴田の了承を得てから彼らに話した。十貴田はこういうことを知られたくないタイプだと思っていたが、「どうせお前の態度でばれるだろうから」と言われたら納得できた。少なくとも今は同じチームなのだから、変にこそこそするよりはいいという判断だったのだろう。

「まあ、普通……?」

同棲の話は進んでいるが、それ以外は俺と十貴田は普通だ。一緒にゲームをして、ゲームの話をして、出勤すれば一緒にゲームを作っている。ゲームだらけの日々だ。色気はなくても、俺と十貴田にとってはこれ以上の幸せはない。

寿里は俺をじっと見つめて「なんか煮《に》え切らない返事」と言った。お互い知っている間柄で、男同士だ。ラブラブで絶好調だと言って変な想像をさせるのも気が引けたし、たいした問題もないのに、深刻《しんこく》ぶって心配をかけるのも嫌だった。

けれど寿里を誤魔化すのは難しい。彼は小さなため息のあと、困ったように笑った。優

しく憂いのある表情だ。その美貌を含め、寿里はしちりが描くイラストによく似ている。

「英二くん。また自信ないなんて思ってない？」

「それは……」

ゲームクリエイターとしての十貴田は、本当にすごかった。それを身をもって知ったのはつい最近のことだ。ゲームのシステムの改修の早さ、その判断力と企画力。本人はしれっとしているが、正直、常人の五倍の実力とスピード感を持っていると思えた。そして実際に触れたゲームは、確かに今まで勉強のためにプレイしていた乙女ゲーとは一味違っていた。

それから、十貴田の人当たりはいくらか丸くなった。相変わらず眉間に皺が寄っているし、黙っていれば不機嫌に見えたが、職場でもよく笑うようになった。仕事ができて、ただでさえ見た目はいいのだ。この調子では、いつ周りにいる美人ＯＬに攫われてしまうかと思うと、あまり余裕では構えてはいられない。

十貴田はすごくて、かっこいい。だから本当に相手が自分でいいのか、と不安になる。そんなことを言ったら、「ノロケかよ」とツッコまれてしまいそうなので、俺は口を噤むしかなかった。

すると、巽が「まあ自信持ちなよ」と俺の肩を叩く。

「あの十貴田さんが、日々俺たちにイジられるってわかってて、英二と付き合ってるんだから。ありえないよ」

「ちょ、ちょっと待って、イジッてんの？　そういうことすんの、ほんとやめて」

「英二のことはべつにいじめたくないから、英二のいないところでイジッてるよ。割とマジでブチギレされて、蹴飛ばされるときとかあるくらい」

「馬鹿じゃねぇの……」

「いやー、だっておもしろいじゃん？」

巽は相変わらず能天気にそう言った。全国大会に出るような柔道選手だっただけに、もし十貴田と本気の喧嘩になったとしても、絶対に勝てるという自信があるからゆえの余裕なのだろう。

「そういうこと、英二くんには言わないんだ。あいつ。かわいいところあるね」

寿里はそう言って、クスクスと笑う。

確かに、十貴田は俺にそんな話をしたことがない。それを聞いたら、俺が気にすると知っているからだ。今俺が抱いている十貴田に対する劣等感は、彼に迷惑をかけたくないという気持ちにも直結している。

最近の俺は、デートのときにプレゼントされたシナリオを、何度も読み返していた。それは『グランドエンブレム』を担当していた岩瀬シナリオというだけあって、壮大《そうだい》なスケールの王道ファンタジーストーリーだ。冒頭から引き込まれずにはいられない巧みな文章と、印象的な単語の数々、緩急《かんきゅう》のついたリズミカルな展開。そして、もう何十年もこの業

界でシナリオを書いているとは思えないほどの新鮮なキャラクターたちに心を撃ち抜かれ、読み終わるころには号泣も禁じ得ない。

　初めて読んだ日の夜は、興奮して眠れなかった。二度目以降は、ただただその素晴らしさに圧倒されるばかりだった。ファンとしての贔屓目《ひいきめ》や思い出補正《ほせい》なしにも、最後まで世に出すことができなかったというのが惜しい内容だった。

　岩瀬・長谷川のレジェンドタッグは、今は大手のコンシューマーゲーム会社で新しいタイトル制作に携わっているとのことだ。そのゲームを遊べるのを、いちゲーマーとして楽しみにしている反面、俺もいつか、こんなにおもしろいシナリオが書けたら、と遠い夢に思いを馳せてしまう。

　自信がない――か。

　尻込みはしている。自分の想像を超えた、十貴田のすごさに。憧れの岩瀬・長谷川タッグと仕事をともにしたことがあるということにもだ。比べても仕方がないとわかっている、比べられてしまうことには慣れていたはずだ。俺は俺だ。だけど――。

　三人での飲み会も二時間を過ぎると、十貴田が店まで迎えにやって来た。そのころには寿里はへろへろで、巽も顔を赤くしている。

「おい、帰るぞ」

「キャー、帰るぞだって、聞きました？」

巽の冷やかしに、十貴田は呆れ顔で「お前ほんと殺すぞ」とため息のように言った。

寿里と巽をタクシーに押し込んだあと、俺は十貴田と一緒に帰路《きろ》についた。今日もこのまま、十貴田の部屋に泊まるつもりだ。彼の空き部屋には、少しずつ俺の荷物が増えてきている。

「もうすぐだな」

歩きながら、十貴田が言った。

十貴田組が作った乙女ゲーは、テストを終え、各所審査《しんさ》を無事に通過した。リリース前の最終準備へと突入している。季節は冬に差し掛かり、夜に外を出歩くには、そろそろ厚《あつ》手《で》の上着が欲しくなってきたところだ。現に今、吐く息も白い。

この秋口にはゲームの展示会イベントがあった。もともと俺たちが作っているゲームは会社に期待されていないものではあったが、しちりの起用で注目度が上がったおかげか、会社がプロモーションに積極的になってくれた。

そこではステージイベントでキャラクターの声優が大々的に発表となり、同時にシナリオ担当が『株式会社ファングリフ』の俺——鳥々英二と発表された。ネットの掲示板では、「鳥々滉一の弟らしい」「ファングリフが乙女ゲー進出」と話題だ。当然、男が書いた乙女ゲーとしても、注目されている。

兄の滉一からは、お祝いのメールが届いた。仕事が落ち着いたら、ファングリフのライ

ター仲間を集めて、飲み会でもしようとのことだ。このタイトルが成功したら、滉一以外のファングリフのライターたちも、俺を仲間だと認めてくれるだろうか。

『ほらな、おもしろいことになるって言っただろ』

それは、滉一からのメールの文末に添えられていた一文だ。癪に障る嫌な兄貴だが、最高の兄貴だ。

ゲームニュースの記事に俺の名前が載ると、母は手放しで喜んでいた。父にも簡単にだけ仕事の報告をしたが「そうか」と言われただけだ。乙女ゲーとはなにか、というところから説明しなくてはならないし、ゆっくり理解してもらえばいいだろう。

やれることはやった。おもしろいゲームになった。俺が書いたシナリオも、しちりのイラストも、ほかのみんなが作った全部が、命を削り、分け合ったものになった。その努力が必ずしも報われるとは限らない。けれど、あとは無事にリリースされることを祈るのみだ。

「なぁ、英二。Aスタジオから、俺のところに新しいゲームの話がきてる」

十貴田が言う。初耳だったが、驚くような内容ではなかった。もともと実力のある十貴田のことだ、今の仕事が一区切りつけば、ほかのチームから引っ張りだこになるのは目に見えていた。

「今やってるこのタイトルがリリースして、ある程度軌道に乗ったら、たぶん異動だ」

「瀧浪さんのところですか？」

「いや、新タイトルだよ。あいつとやれるのは、もう少し先だろうな」

瀧浪が仕込んでいるタイトルも、制作が佳境《かきょう》に入っていると聞いていた。そのチームに十貴田が途中から参加するよりは、新規タイトルをゼロからという形で、瀧浪とタッグを組みたいのだ。瀧浪が十貴田に寄せるのと同様に、十貴田にも瀧浪に対する信頼を感じられた。きっといいチームになるだろうという想像もできる。

瀧浪とは、オフィスの廊下で会ったときに少しだけ話ができた。本来の姿を取り戻した十貴田を見て、彼が心底ほっとした表情を見せたのが印象的だった。そして相変わらず爽やかな笑顔で、「頑張って、応援してる」と背中を押してくれるのだった。

「英二」

十貴田は立ち止まり、俺を振り返った。白い息が浮かび、すぐに消えていく。渋谷の夜のネオンに、十貴田の銀縁眼鏡がぎらりと光った。だけどその奥の目は、俺に優しい眼差しを向けている。

「お前も来ないか」

響くバリトン。新しいチームに、俺をシナリオライターとして、もう一度起用してくれるという意味だ。

「……もしかして、今度こそファンタジー？」

「いや、今度はパズルゲーだ。かわいいファンシーなやつ」

「なんだ」

「……来ないのか？」

「え～っ、いきますよ、やります！」

目の前のことで精いっぱいで、そういえば次の仕事の話をもらえるなんて考えたこともなかった。恋人同士だからという甘い理由で、俺を呼んでくれるほど十貴田は腑《ふ》抜《ぬ》けじゃない。そういう信頼を置いているからこそ、俺はその誘いが嬉しかった。

乙女ゲーのシナリオを書くのは大変だった。次もきっと大変だろう。だけどまた走り出せる。十貴田が引っ張ってくれるなら、最後まで。

「……誘ってくれるんですね、俺のこと」

「英二、お前はもっと自信を持っていい。思い出せ。お前の目の前で、お前のシナリオを読んで泣いた連中の顔を」

「はい……」

「お前のシナリオはおもしろいよ」

十貴田にそんなことを言われたら、胸が軋む。

十貴田と並ぶにはまだほど遠い。だけどいつか、胸を張って十貴田の隣に並びたい。シナリオライターとして。一緒にゲームを作る、クリエイターとして。

十貴田は俺の表情を見て、片眉を器用に吊り上げて見せる。俺のまだ遠慮がちな気持ちを、察しているのだろう。

「つまんねぇ顔すんなよ、……ほら」

十貴田が大股で二歩引き返し、俺のところにやってくる。そして彼の手が、俺の手を掴んだ。「行くぞ」と引っ張られて、俺たちはまた歩き出す。

「うっ、十貴田さん、好き……」

「知ってる」

「好き……っ」

「ああ」

十貴田のマンションまでの短い距離を、手を繋いで歩いた。

まだ人通りのある渋谷の街だ。男同士で手を繋いで歩くなんて、恥ずかしい。だけどそれ以上に、嬉しかった。らしくない、胸を張れと言われているような気がした。


——十二月某日《ぼうじつ》、いよいよリリース当日がやってきた。

チームメンバーやサポートスタッフが、十貴田組のデスク周辺に集まっている。もうで

きることはほとんどないので、今はただじっと、ゲームの公開を待つばかりだった。

エンジニアチームは、障害に備えて緊張感が漂っている。俺も自分のスマホを持つ手に汗をかいた。あと少しで、自分たちが手掛けたゲームが世に出るのだ。

やっとだ。この数か月はあっという間だった。けれどやっと、この日を迎えた。そのことは純粋に嬉しかったし、興奮していた。無事リリース出来たら、打ち上げをしよう。いつものメンバーで、いつもの店で――。

十貴田は自身のデスクに着く。俺はスマホを握りしめ、うろうろとフロアの中を歩き回ったが、結局一番落ち着く十貴田のそばにしゃがみこんだ。すると、「英二」と頭の上に声が降ってくる。

「俺、お前のこと信じてるよ」

「え……？」

周囲はざわついている。十貴田のそれは、俺にだけ届く程度の声量しかなかったが、その声は不思議なほどよく通っていて、どうしてか胸に直接響くようにも聞こえた。

「俺がまた間違えたら、連れ戻してくれ」

見上げた先、十貴田の眼鏡の奥の目が俺を見つめていた。穏やかな表情だった。十貴田の、安心しきったような、そんな朗らかな声を聴いたのは初めてだった。

「お前が俺を、導いてくれ」

「──………」

十貴田のその言葉は、どこかで自分の未熟さに焦っていた俺の心を、柔らかく包んだ。

ああ、十貴田は俺を、ちゃんと必要としている。

十貴田の言葉は少ない。けれど、そのことがようやく、当たり前だったみたいに納得できた。悩んで、焦って、縮こまっていた自分が不思議なくらいに、すっと身体に馴染んでいった。

十貴田は俺を信じてくれている。しつこくて、うるさくて、間違っていると思えば、誰であろうと噛みつくような、面倒くさい男。その上、愚直なほどに、自分の道をただひたすらに走ることしかできない──そういう俺を信じていると言っているのだ。

無心のまま「はい」と返事をしたら、十貴田は俺を見て笑った。その目は俺を、心の底から愛しいと言っている気がした。俺は十貴田に愛されていいのだと思い知った。

俺はいったい、十貴田のなにを疑っていたのだろう。自分のなにを疑っていたのだろう。

十貴田がいるから俺が走れるように、十貴田もまた、俺がいるから走れるのだ。このゲームを作る過程で、俺たちはそんなふうになったのだ。そして、きっとこれから先の未来も、走っていける。

「──リリースしました、確認お願いします！」

巽の大きな声が飛ぶ。真剣な顔つきの寿里と目が合い、彼は大きく頷く。ありすの横顔は、緊張に強張っている。相変わらずにこにこしている絹子の、ジェルネイルの指先が、スマホの画面の上を軽《かろ》やかに滑った。

その場にいる全員が、俺たちが作ったゲームを自分のスマホにインストールし始める。もちろんそれは、俺や十貴田も同じだ。

データのダウンロードを終え、画面に浮かび上がったタイトルをタップしたら、エフェクトがキラキラと弾け、ゲームが始まった。

それは俺の、初めての恋の物語だ。

END

■あとがき■

はじめまして、またはこんにちは。千地《せんち》イチです。

今回、この作品を執筆するにあたって、たくさんのゲームクリエイターの方々にお話を聞かせていただくことができました。もちろん取材目的ではありましたが、一方で、この人たちが、これからいったいどんなゲームを作るのだろう、という期待も一層膨らみました。ゲーム業界の今後がとても楽しみです。


今作は少々コメディ寄りだったこともあり、おかしな状況に陥っていく英二の姿を描くことには、過去作とはまた少し違った楽しさがありました。それでも単純なコメディにできなかったのは、英二と十貴田が、それぞれ異なる未熟さを抱えていたためです。

ふたりは決して思い通りにはならない相手のことを歯痒く思いながらも、少しずつ互いを知り、認め、抱えた未熟さを補い合うように、恋人としても、クリエイターとしてもかけがえのない存在になっていきます。それぞれ自分の生き方や信念を持っていて、自分の力で突き進めるタイプのふたりではありますが、相手の〝自分にはないもの〟、その眩しさを、無視できなかったのだと思います。

作中では、英二を翻弄しリードしている十貴田ですが、始まったふたりの日々の中で

は、きっと彼も、毎日のように英二の些細な言動に驚かされていると思います。表情にこそ出さないものの「こいつはおもしろくて飽きねぇな」と。

　このふたりは、この先も、本気でぶつかり合うような喧嘩ができるカップルなんだろうなと思います。ふたりとも頑固な性格のためでもありますが、互いを信頼しているからこそできることだとも思います。時々寿里に迷惑をかけたり、巽に迷惑をかけられながら、これからも仲良く、騒がしく暮らしてほしいですね。


　今作は、ショコラ文庫様での二作目になります。

　前作に引き続き、担当様には言い尽くせないほどお世話になりました。こうして無事作品を世に出せるのも、担当様のおかげです。この場を借りて、感謝申し上げます。

　ｉｔｚ先生、素晴らしいイラストをありがとうございました。十貴田がカッコよすぎて、私の心が英二にされました。イラストを拝見しては、ついニヤニヤしてしまいます。

　最後に、本作をお手に取ってくださいました読者の皆様、本当にありがとうございました。少しでも楽しんでいただければ幸いです。課金はくれぐれも計画的にしてくださいね（笑）。

千地イチ

初出
「初恋インストール」書き下ろし

この本を読んでのご意見、ご感想をお寄せ下さい。
作者への手紙もお待ちしております。

あて先
〒171-0014東京都豊島区池袋2-41-6
第一シャンボールビル 7階
(株)心交社　ショコラ編集部

初恋インストール

2017年7月20日　第1刷

著　者:千地イチ
発行者:林 高弘
発行所:株式会社　心交社
〒171-0014　東京都豊島区池袋2-41-6
第一シャンボールビル 7階
(編集)03-3980-6337 (営業)03-3959-6169
http://www.chocolat_novels.com/
印刷所:図書印刷 株式会社

さいはての庭

それはつまり、恋ってやつだろう?

片親育ちで人の顔色を伺ってきた荘介はある事件により夢だった仕事を辞め、離婚した。死ぬために訪れた鎌倉で作家の溜池フジ夫と出会い、「自殺志願者とは面白い。死ぬ前にうちで働け」と家政夫をすることに。着いたのは今は亡き敬愛する作家の家でフジ夫はその孫だった。7歳年下で遠慮ない彼に"飯が不味い""もっと笑え"と振り回され、思い詰めていた気持ちが薄れる荘介。あけすけなフジ夫だが彼には荘介を連れてきた目的があり—。

千地イチ
イラスト・伊東七つ生

ショートケーキの苺にはさわらないで

凪良ゆう

イラスト・草間さかえ

——マスター、おかえりなさい。

アンドロイドが普及し、人に代わって戦争すらしてくれる時代。大学生の南里輝は、自分だけを愛してくれるセックス用アンドロイド、通称「裏ドール」を伴侶にすることを夢見ていた。その資金を貯めるため裏方バイトをしていた風俗店に、ある日とびきり美しい裏ドールが売られてくる。悲しげな姿を見かねた南里はつい貯金をはたいて「彼」を買い取ってしまった。シンと名づけられた彼はドールゆえの一途でけなげな愛を南里に注ぐが——。